사랑은
망각
의

소녀는 달콤한
꿈에 허덕인다

저편

사랑은 망각의 저편~소녀는 달콤한 꿈에 허덕인다~

초판 1쇄 찍은 날 | 2014년 10월 1일
초판 1쇄 펴낸 날 | 2014년 10월 10일

지은이 | 시라유키 마소호
그린이 | 아사히코
옮긴이 | 김하나
펴낸이 | 예경원

편집책임 | 박우진
편집 | 오아현

펴낸곳 | 예원북스
등록번호 | 제396-2012-000132호
등록일자 | 2012. 7. 25
YRN | 제5-0002호

주소 | 경기도 고양시 일산동구 무궁화로 8-28 삼성메르헨하우스 712호 (우) 410-837
전화 | 031-819-9431 팩스 | 031-817-9432
http://blog.naver.com/ainandfin
E-mail | ainandfin@naver.com

ISBN 979-11-5630-752-5 03830

※ 파본은 구입하신 서점에서 교환하여 드립니다.
※ 저자와 협의하여 인지를 붙이지 않습니다.
※ 이 책은 예원북스와 Cosmic Publishing / NTT Solmare 와의 계약에 의해 출판된 것이므로 무단 전재 및 유포, 공유를 금합니다.
※ 이 도서의 국립중앙도서관 출판시도서목록(CIP)은 서지정보유통지원시스템 홈페이지(http://seoji.nl.go.kr)와 국가자료공동목록시스템(http://www.nl.go.kr/kolisnet)에서 이용하실 수 있습니다.

사랑은 망각의 저편

소녀는 달콤한
꿈에 허덕인다

시라유키 마소호 글

아사히코 그림 ― 김하나 옮김

✛ **마이셀 황자**
이스칸리아 황국의
대를 이을 황태자.

✛ **코자 왕자**
자라국의 제삼왕자.

등장인물소개

사랑은 망각의 저편

소녀는 달콤한
꿈에 허덕인다

✝ **빅터 일다 지마**
이스칸리아 황국이 자랑하는 천인대장.

✝ **이리스**
기억을 잃은 채 발견되어 유곽에
팔릴 위기에 처하지만 구출된다.

제1장
경매장의 소녀

"천이백, 천삼백, 천사백……! 자아, 아직 없는 겐가? 아직 없어? 이제 겨우 성인이 된 순수한 처녀일세. 갓 피어난 꽃을 꺾고 싶은 이가 없는 겐가?"

깨진 종 같은 남자의 목소리가 울려 퍼졌다. 그 목소리 위로 웅성대는 소리가 넓고 어둑한 천막 안을 크게 뒤흔들었다.

"천팔백! 아무렴 그렇게 나와야지! 이천? 좋아, 좋아. 다들 이 머리칼을 보게나. 환상적인 은발에 피부는 흰 눈처럼 티끌 하나 없이 하얗고, 눈동자는 신성한 샘물처럼 푸르다네. 새빨간 앵두 같은 입술에 장밋빛 나는 투명한 뺨을 보게. 지금은 아직 어린애지만 조만간 절세미인이 될 걸세."

남자는 소녀의 외모를 추켜세우며, 몸을 웅크리고 있는 그녀를 앞으로 밀어냈다.

"이야아······."

몸의 굴곡이 거의 다 비쳐 보일 듯한 얇은 천에 허리를 아슬아슬하게 가리는 짧은 스커트.

도망치지 못하도록 다리에 채운 족쇄에 가느다란 발목이 쓸려서 빨개져 있었다.

"자아, 아직 없는 겐가? 아직 없어? 이대로라면 이 공주님은 '유희관'에 팔리게 될 걸세."

소녀는 양손으로 자신의 몸을 끌어안고서, 눈물이 그렁그렁한 푸른 눈동자로 자신을 쳐다보는 남자들을 보았다.

무대는 밝았지만 남자들이 있는 무대 밖은 어두웠다. 하지만 찌를 듯하면서도 끈적끈적한 사내들의 눈길이 뜨겁게 온몸을 더듬고 있다는 사실을 알 수 있었다.

소녀의 이름은 이리스. 더군다나 가명이었다.

'어째서? 왜 이런 곳에 있는 거지? 꿈인가? 나쁜 꿈을 꾸고 있는 걸까?'

이리스는 무대에 끌려나왔을 때부터 계속 반복해서 생각하고 있었다.

꿈이 아니야. 꿈이라면 좋을 텐데.

지금 자신은 경매에 나온 것이다. 마치 가축이나 물건처럼 가격이 붙고 품평을 받으면서 말이다.

'누가… 누가 좀 도와줘요…….'

둥근 지붕의 천막에 백여 명 남짓한 남자들이 있는 듯했
다. 실제로 가격을 매기고 있는 것은 유곽을 경영하는 몇몇
으로 나머지는 경매에 나온 미소녀를 보고 즐기려는 자들
일 뿐이었다.

한 달에 한 번, 이곳 유흥가에서는 사람을 사고파는 경매
가 이루어진다. 상품은 주로 아름다운 소녀나 소년, 또는
성인 여자나 병사였다. 이들은 유곽에 팔리거나 노예가 되
거나 다른 여러 경로로 팔려 나간다. 대부분 빈민가에서 팔
렸거나 납치된 이들이었다. 이리스도 한 달 전쯤 인간 상인
에게 팔려서 이곳에 끌려오게 되었다.

지금 경매 무대에 서 있는 이리스의 주변에는 수많은 촛
불이 놓여 있었고, 어스레한 천막 안에서 그녀만이 빛나 보
였다.

실제로 이리스는 지금까지 경매에 나온 여느 소녀보다
아름다웠다. 은빛으로 반짝반짝 빛나는 머리칼은 부드럽게
웨이브를 그리며 몸을 가리고 있었고, 눈물에 젖은 커다란
눈망울과 탐스러운 입술은 사랑스러웠으며, 몸매는 힘든
일 한 번 해본 적 없는 듯이 가냘팠다.

부풀어 오른 가슴도 가느다란 허리도 아직 여자로서 온
전히 성숙하지 않았다. 하지만 살포시 벌어지기 시작한 꽃

봉오리 같은 싱그러움과, 단지 서 있는 자태만으로 감도는 고급스러움은 자신이 있을 곳을 잘못 찾은 듯한 느낌이 들 정도였다. 마치 황무지에 피어난 들장미, 진흙 속의 수련과 같았다. 그녀 스스로가 빛을 발하는 것처럼 보였다.

"이천삼백!"

다른 유곽의 사내가 조바심을 내며 외쳤다. 부를 수 있는 최대치인 듯했다. 하지만 '유희관' 의 주인인 메이든은 여유 있는 미소를 띠며 말했다.

"삼천!"

오오— 하고 천막이 술렁였다. 오늘 경매에서 나온 최고가였다.

이리스는 메이든을 노려보았다.

'싫어, 싫어! 저런 곰 같은 사내에게 팔릴 수 없어.'

이리스의 시선을 받자 메이든은 천박한 웃음을 지어 보였다. 오싹해진 이리스는 온몸에 소름이 돋았다.

물건처럼 매매되는 굴욕감과 수치심에 눈물이 그칠 새 없이 흘러넘쳤다.

'누가, 누가 좀 도와줘요! 난, 난 꼭 돌아가야 해요……'

하지만 이리스는 어디로 돌아가야 할지 알 수 없었다.

"그럼 이 공주님은 메이든 나리에게—"

사내가 경매를 마치려는 순간, 남자들이 모여 있던 중심 부근이 갑자기 술렁였다.

"뭐하는 짓이야?"

"이 자식이!"

고함을 지르며 팔을 치켜든 남자들이 차례차례 쓰러져서 굴러다녔고, 이윽고 그 자리가 갈라지듯 허연 땅을 드러냈다.

단 한 명의 청년을 제외하고 말이다.

'누구지…….'

이리스는 눈을 크게 떴다. 눈물로 흐릿해진 눈에도 보였다.

검은 망토에 검은 갑옷, 사막 원주민처럼 검은 천을 머리에 두르고, 길고 가는 검을 등에 차고 있는 저 남자.

청년은 이리스를 똑바로 바라보았다. 이리스도 청년의 눈을 바라보았다.

마치 밤과 같은 검은 복장이었지만, 그는 젊고 눈빛은 아름다운 매처럼 날카로웠으며 피부는 얼어붙은 호수에 비치는 달처럼 하얗게 빛났다.

'누구지……. 누굴까……?'

이리스는 자신이 처한 입장을 잊고 그를 바라보았다. 눈을 뗄 수 없었다. 몸과 마음을 빼앗길 것 같았다.

검은 복장의 청년은 천천히 손을 들고 말했다.

"삼천이백 릴……."

와아! 하고 사내들이 수런댔다. 가게의 경영자가 아닌 개인이 지불하기에는 너무나도 큰 액수였기 때문이다.

"삼천오백."

하지만 메이든도 이에 질세라 나섰다. 아무래도 그는 어떻게 해서든지 무대 위의 아름다운 은장미를 손에 넣고 싶은 듯했다.

"삼천팔백."

청년은 주저하지 않고 말했다. 메이든은 빠드득 하고 어금니를 악물었다.

"사천!"

천막의 사내들은 메이든과 검은 옷의 청년을 번갈아 보았다. 천막 안의 온도가 흥분으로 높아졌다. 청년은 잠자코 있었다.

'안 돼, 안 돼. 지지 말아요.'

이리스는 어느새 가슴을 가리는 것도 멈춘 채 주먹을 쥐고 있었다.

메이든이 볼을 히죽하고 일그러뜨렸다. 하지만 그 순간이었다.

"오천!"

청년은 마치 선언을 하듯 높이 외쳤다.

우와아아! 하는 함성으로 천막이 흔들렸다. 이런 가격은 금시초문이었다. 메이든은 무릎을 꿇고 주먹으로 바닥을 내려치고 있었다.

청년은 사람들의 무리를 헤치고 무대로 다가갔다. 이리스는 그 모습에 무심코 양손을 내밀었다.

'아아……'

검은 가죽 장갑에 싸인 손이 다가왔다.

'당신— 당신이로군요!'

이리스의 눈물이 진주처럼 무대에 흩어졌다. 그녀는 사슬에 묶인 발로 무대를 박차고 양손을 펼친 채 청년의 가슴으로 뛰어들었다. 검은 망토가 밤의 장막처럼 펼쳐져 그녀의 몸을 감쌌다.

청년은 자신의 품에 뛰어 들어온 은색의 꽃이 자신의 것이라는 증표로서 관객들에게 보란 듯이 입을 맞췄다.

팔린 노예의 거래 장소는 천막 옆에 세워져 있는, 진흙과 회반죽으로 만든 조잡한 건물이었다. 이리스가 기다리는 방에는 둥근 테이블과 조그마한 의자 두 개가 나뒹굴고 있었다. 족쇄는 아직 채워진 채였다.

옆방에서는 검은 옷의 청년과 경매주가 거래액을 주고받고 있었다. 이리스는 청년이 실제로는 빈털터리라서 돈을 지불할 수 없다면 어떻게 해야 할까 하는 생각도 하고 있었다.

하지만 값을 무사히 치른 듯, 떡갈나무로 만들어진 두꺼운 문 너머로 경매주의 갈라진 웃음소리가 들렸다.

이윽고 두 사람이 방으로 들어왔다. 이리스는 앉아 있던 의자에서 뛰어오르듯 일어나서 황급히 의자 건너편에 쪼그려 앉았다.

"이야아, 거래가 기분 좋게 끝났군요. 막상 돈을 지불해야 할 때가 되면 이러쿵저러쿵 트집을 잡는 녀석들도 있습죠. 그런데 이 자리에서 바로 지불하실 줄이야."

부둥부둥하게 살집이 오르고 혈색 좋은 경매주가 턱수염을 문지르며 말했다.

"거래도 기분 좋게 끝났으니 조금 치장해 줬으면 좋겠소."

청년은 의자 그늘에서 웅크리고 있는 이리스를 힐끔 보았다.

"옷을 입혀주시오. 이래서는 알몸이나 다름없으니."

그 말에 이리스는 점점 움츠러들었다. 팔이나 다리를 드러내 놓고 있으니 너무나도 부끄러웠다. 게다가…….

"다리의 족쇄도 풀어주시오."

"하지만 족쇄를 풀면 도망칠 수도 있습니다요."

청년은 이리스를 보았다. 이리스는 고개를 휘휘 저었다.

"도망치지 않을 거예요."

"어어?"

경매주의 눈이 휘둥그레졌다.

"네 말에 이스칸리아의 억양이 있구나. 넌 이스칸리아의 사람인 게냐?"

"이스칸리아……."

이리스는 중얼거리며 바닥을 응시했다.

"……모르겠어요."

"으음, 인간 상인 하루토가 말한 대로 기억을 잃었다는 게 진짜로구나."

경매주는 맨발로 이리스에게 철퍽철퍽 다가가 억지로 고개를 들어 올렸다.

"은발에 흰 피부, 푸른 눈동자. 이스칸리아에는 이런 인간들이 많지. 얼마 전 전쟁 때문에 자라 국으로 도망쳐 온 이스칸리아 병사가 많다고 들었는데, 이 아이도 그 병사들의 종군이었던 건가?"

"놔, 놔줘!"

이리스는 경매주의 손을 뿌리쳤다.

"얼른 나한테 옷을 주고, 그리고 이 족쇄도 풀어줘요!"

"기운이 펄펄 넘치는구나. 잠깐 있어보려무나."

경매주는 쪼그려 앉아서 이리스의 발에 달린 족쇄에 손을 내밀었다. 그리고는 커다란 자물쇠에 열쇠를 꽂고 철컥하고 돌렸다. 자물쇠가 소리를 내며 바닥에 튕겨 올랐다.

"아아……."

이리스는 저도 모르게 신음하며 발목을 쥐었다.

한 달간 계속 다리에 달려 있던 족쇄가 풀렸다. 발목은 몇 번이나 쓸린 탓에 피로 얼룩져서 피부가 빨개져 있었다.

"잠시 기다려라. 옷을 가져올 테니."

경매주가 나무문 밖으로 나갔다. 방 안에는 청년과 이리스만이 남아 있었다.

이리스는 청년의 눈에 알몸이나 다를 바 없는 자신이 비칠 것이라고 생각하자 부끄러워서 견딜 수 없었다. 그러나 몸을 가릴 만한 것은 자신의 풍성한 머리칼밖에 없었다. 이리스는 머리칼을 그러당겼다. 청년은 필사적으로 몸을 가리려고 하는 이리스에게 다가와 그 앞에 몸을 숙이고 앉았다.

"발 보여줘."

이리스는 몸을 가리며 다리를 보여주기 위해 어려운 자세를 취했지만 결국 엉덩방아를 찧으며 다리를 내밀고 말았다.

"······아팠지?"

장갑으로 싸인 청년의 손이 이리스의 자그마한 발에 닿았다.

"아프지만 이젠 자유니까."

이리스의 말에 고개를 살짝 끄덕이며 그는 허리춤에 매달아 놓은 주머니에서 작은 병과 천을 꺼냈다.

"좀 아플 거야."

청년은 장갑을 벗고 작은 병에 담긴 크림 상태의 무언가를 손끝으로 찍었다. 그리고 이리스의 발목에 발라주었다.

"……앗."

이리스는 입술을 깨물었다. 확실히 아팠다. 그러나 이 아픔은 자유가 되었다는 증거이기도 했다. 그렇다면 기꺼이 견딜 수 있었다.

이리스는 아픔을 달래기 위해 눈앞에 있는 청년의 얼굴을 물끄러미 바라보았다.

'머리카락도 눈썹도 까맣구나. 피부는 희면서도 매끄럽고 깨끗해……. 콧대가 이렇게 오뚝하다는 건 자라 국의 사람이 아니라는 증거겠지. 터번은 서쪽에 있는 사막 나라 사람들이 몸에 두르는……. 하지만 분명히 달라……. 멋진 사람인 것 같아……. 이렇게 멋진 사람이 구해주다니—'

청년은 약을 다 바르고 나자 이리스의 발목에 천을 감았다. 하얗고 깨끗한 천이었다.

"당신은……."

이리스는 천을 감는 그 상냥한 손길을 응시했다.

"당신은 누구신가요……?"

손길이 한 번 흠칫하고 떨리며 멈추었다. 하지만 곧바로 원래의 동작으로 돌아갔다.

"빅터. 빅터 일다 지마."

"빅터……. 일다라는 건 북쪽 이름이죠?"

"그래. 북쪽의 요르가르트야."

"요르가르트는… 없어졌어요……."

"······그건 기억하고 있구나?"

"아······."

빅터는 이리스를 똑바로 쳐다보았다. 가까이에서 검은 별이 순간 반짝이자 이리스는 황급히 몸을 떨어뜨렸다. 입술에 조금 전의 키스의 감촉이 되살아났다. 입술을 포개었을 뿐인데 뜨거우면서도 보드라웠고, 떠올리는 것만으로도 온몸이 후끈해졌다.

"모, 몰라요. 그렇게 생각했을 뿐이에요."

이리스는 달아오른 뺨을 감추기 위해 고개를 숙였다.

"요르가르트는 삼십 년 전, 이스칸리아에 의해 멸망했지. 우리 아버지는 이스칸리아로 강제 이주를 당했고 노역을 했어. 난 요르가르트에 대해서 몰라. 내 이름에만 요르가르트의 피를 물려받았다는 흔적이 있지."

빅터는 천을 다 감고서 일어났다. 때마침 경매주가 양손에 옷을 감싸 쥐고 들어왔다.

"자아, 이건 마음의 선물이야. 드레스에 코트, 그리고 이건 신발."

이리스는 테이블 위에 펼쳐진 옷을 손에 들었다.

드레스라고 하기에는 너무 어설픈, 무명으로 만든 수수한 웃옷과 스커트였다. 칙칙한 꽃무늬에 소매에는 레이스가 조금 달려 있었다.

모직인 코트가 오히려 괜찮아 보였다. 코트에는 조금 큼

지막한 후드가 달려 있었고, 옷자락에는 자수로 놓은 꽃이 피어 있었다. 구두는 가죽을 무두질한 부츠였고 자그마한 리본이 달려 있었다.

전부 인간 상인이 데리고 온 여자아이들이 몸에 걸치고 있던 것인 듯했다. 이 옷의 주인들은 어떻게 되었을지 생각하자 눈물이 났다. 이리스는 가만히 그 옷들을 쓰다듬었다.

"왜 그러는 거지? 입어봐."

기분 좋은 듯한 경매주와, 빅터를 앞에 두고 이리스는 옷에 얼굴을 파묻으며 말했다.

"다들…… 고마워, 정말 고마워."

물론 눈앞에 서 있는 두 사람에게 한 말이 아니었다.

제2장
밤을 달리다

이리스는 옷을 입고 구두를 신은 뒤, 회반죽을 칠한 작은 방에서 나왔다. 밖은 별들로 반짝이고 있었다. 강으로 둘러싸인 이 지역은 어디서든 눅눅한 물 냄새가 났다.

구두는 크기가 조금 작았다. 하지만 맨발이 아니라는 것만으로 만족하며 사람다운 기분을 느꼈다. 옷도 구두도 없이 족쇄로 묶여 있던 한 달은 너무나도 괴로웠다.

추위나 굶주림, 상처보다도 사람으로서의 자존감과 존엄성이 상처 입고, 그것들을 빼앗기는 것이 참기 힘들었다.

"저기—"

이리스는 앞장서서 가는 빅터의 등에 대고 말했다.

"……."

빅터가 어깨너머로 시선을 힐끔 던졌다.

"저기… 전 당신을 뭐라고 부르면 되나요? 주인님……
이면 될까요?"

빅터는 스윽 하고 눈썹을 치켜세웠다. 불쾌한 듯한 표정
에 이리스는 흠칫 놀랐다.

"……빅터라고 불러도 돼."

"빅터님?"

"님은 붙이지 않아도 괜찮아."

"그래도……."

빅터는 망토를 휘익 하고 펄럭였다.

"여관에 말이 준비되어 있어. 탈 수 있지?"

이리스는 놀라며 고개를 저었다.

"못 타요! 말이라곤 타본 적 없어요."

"아니, 탈 수 있을 거야. 얌전한 말이니까 괜찮아."

"못 타요, 절대 못 탈 거예요!"

빅터는 그 말을 무시하듯 앞장서서 걸었다. 돌아보지도
않았다. 오천이라는 거금을 지불하고 산 자신에게 너무 무
관심한 것이 아닌가도 생각했지만, 이리스는 발을 살짝 끌
며 따라갔다.

빅터는 상인이나 여행 중인 수도사들이 묵는 여관에 말
을 맡겨놓고 있었다. 예상했던 대로 그의 말은 검은색이었

다. 나머지 한 마리는 흑백 얼룩무늬의 말이었다. 빅터는 얼룩무늬의 말을 이리스에게 건넸다. 안장도 제대로 달려 있었다.

"등자에 발을 얹어봐."

"못 탄다니까요! 타본 적이……."

"탈 수 있다니까."

"어…… 엇?"

"기세를 몰아서—!"

빅터가 이리스의 허리를 가볍게 밀어 올리자 마치 호흡을 맞춘 듯 몸이 떠올라 말 등에 올라탔다. 올라탄 순간, 말이 몸을 뒤흔들었지만 이리스는 균형을 잡을 수 있었다.

무릎으로 말의 몸통을 조이고 고삐를 끌어당기면서 말을 진정시켰다.

'나, 말 다루는 법을 알고 있던 건가?'

무심코 빅터의 얼굴을 보자 그는 가만히 고개를 끄덕일 뿐이었다.

"어떻게 알고 있었나요? 제가 말에 탈 수 있다는 걸?"

"나중에 이야기하지. 지금은 여길 떠나는 게 급선무야."

"어, 어째서……."

"그것도 나중에."

물론 이리스로서도 악몽과 같은 이 마을을 떠나는 것은 대찬성이었다.

"달릴 테니 잘 따라와."

빅터가 발로 가볍게 말을 차자, 검은 말이 갑자기 내달리기 시작했다.

"기, 기다려요!"

이리스도 등자를 차 말이 달리도록 재촉했다. 얼룩무늬의 말도 검은 말을 곧장 뒤따랐다.

눅눅한 공기를 가르고 말이 달렸다. 이 감각.

'나, 나… 말을 탈 수 있었던 거야. 게다가 달릴 수도 있어.'

이리스에게는 오 개월 전의 기억이 없다. 자신이 어느 나라에서 태어났고 어떻게 자랐는지, 그리고 본명이나 나이도, 어째서 홀로 있었는지도 몰랐다.

'하지만 말을 탈 수 있었어!'

말발굽 소리와 바람을 가르는 이 느낌이 그리웠다.

'빅터!'

이리스는 자신을 구해준 남자의 이름을 기쁜 마음으로 불렀다.

'당신은, 당신은 대체 누군가요? 어둠에서 나를 구해준 나의 기사, 나의 왕자님, 나의 신. 당신이 나를 사줘서 다행이에요. 난… 난 분명 당신을 계속 기다리고 있었던 거예요.'

검은 망토가 어둠 속에 녹아들었다. 이리스는 그 모습이 눈에서 멀어지지 않도록 온 힘을 다해 그 뒤를 따라갔다.

말을 타고 달린 지 30분쯤 지났을까. 앞서던 빅터가 속도를 떨어뜨려 이리스와 나란히 달렸다.

"…추격자다."

빅터가 이리스에게 말했다.

"네에?"

"마을에서부터 따라온 건 아닐 텐데. 어디에 잠복해 있었던 거지?"

"추격자? 누구 말이에요? 무슨 일이에요?"

"널 이 마을에서 못 나가게 하려는 자야."

이리스의 뇌리에 곰 같은 유곽 주인의 얼굴이 떠올랐다.

"설마… 메이든?"

"아마도 그렇겠지. 그래서 순순히 손을 뗐던 거였군."

이리스는 뒤돌아보았지만, 어둠이 펼쳐질 뿐 아무것도 보이지 않았다.

"정말로 쫓아온 걸까요?"

"확실해. 이제 조금만 더 달리면 마을의 경계인 강인데."

빅터의 눈에는 무엇이 보이는 걸까. 그는 어둠 속을 똑바로 응시하고 있었다.

"네에? 숨어서 지나갈 때까지 기다리는 게 낫지 않을까요……?"

"외길이야. 숨어서 지나가기를 기다리다가는 이쪽이 당

할지도 몰라."

이대로 달려가자 확실히 물이 흐르는 소리가 났다. 흙을 쌓아올린 둑을 내려가자 달빛에 반짝반짝 빛나는 넓은 강이 보였다.

"여울이야. 말을 타고 건너도 돼."

빅터의 말대로 이리스는 말을 전진시켰지만 그는 강변에 멈춰 서 있었다. 오른손에는 어느새 뽑아 든 검이 들려 있다. 저렇게 길고 가는 검은 이곳 자라에서는 사용하지 않는다.

이윽고 둑에서 검은 그림자가 나타났다. 하나, 둘, 셋…… 일곱이나 되었다. 전원이 빅터의 모습을 확인했는지 등이나 허리에 차고 있던 검을 빼 들고 있었다.

자라 국의 폭이 넓은 검과 비교하자 빅터의 검은 가냘프게까지 보였다. 하지만.

'하지만 강해.'

이리스는 확신했다. 검을 든 빅터의 뒷모습을 보고 있는 것만으로도 안심할 수 있었다.

'나— 이 사람을 알고 있는 건가?'

일곱 명이 일제히 둑에서 뛰어 내려왔다. 빅터는 검은 말의 배를 가볍게 차고서 집단을 향해 내달렸다.

어둠보다 더 어두운 그림자와 달빛을 반사하여 빛나는 검.

'빅터!'

얼결에 눈을 감았다. 말의 울음소리와 사내들의 함성 소리, 검을 휘두르는 소리가 어둠 속에 울려 퍼졌다.

조심스럽게 눈을 뜨자, 말의 수가 갑자기 줄어 있었다. 서둘러 눈을 가늘게 뜨고 상황을 파악하려고 하니 바닥에 몇 명이 쓰러져서 신음하고 있었다. 말에서 떨어진 듯했다.

쨍, 쨍강, 하고 금속이 맞부딪치는 소리가 났다. 때로는 흰 불꽃이 흩어졌다.

크허억, 하고 경련하는 듯한 비명이 들리며 누군가가 말에서 떨어졌다. 물소리가 어둠 속에 요란하게 울렸다.

'이제 두 명.'

이리스는 몸을 떨면서 그림자의 수를 세고 있었다. 그때 갑자기 그 가운데 한 명이 이쪽으로 성큼 다가왔다.

"……!"

이리스는 말의 방향을 틀어서 강으로 도망쳤다. 그러나 물을 튀기는 발소리가 곧 옆까지 따라왔다. 강물이 말의 몸통을 절반쯤 적실 무렵, 등 뒤에서 오싹한 비명 소리가 들렸다.

엉겁결에 돌아본 이리스의 눈에 남자의 가슴팍에 튀어나와 있는 가늘고 날카로운 검의 끝이 보였다.

남자에게 말을 바싹 붙인 빅터가 그의 가슴을 찌른 것이었다.

빅터가 검을 빼자, 남자의 몸은 천천히 기울어지며 그대로 강물에 가라앉았다. 주인을 잃은 말이 소리 높여 울며 강에서 빠져나가 사라졌다.

빅터는 곧바로 몸을 틀어서 남은 한 명의 적을 향해 말을 몰았다. 휘두른 검은 마치 번개처럼 빛나며 마지막 한 명을 비스듬히 베어냈다.

아, 그랬다.

자라 국의 폭이 넓은 검은 대부분 때리거나 치기 위한 것이다. 하지만 그가 사용하는 북쪽 민족의 검은 찌르고 베어내기 위한 것이다. 즉, 사람을 죽이기 위한 무기인 것이다.

'나 알고 있었어, 본 적이 있는 거야.'

이리스는 부들부들 떨리는 몸을 멈출 수 없었다.

어째서 이렇게 끔찍한 사실을 알고 있는 걸까. 나는 대체 누구일까?

빅터가 검을 흔들어서 피를 털어내고 칼집에 넣었다. 그러고는 그대로 강에 들어와 이리스의 곁을 스쳐 지나갔다.

그는 두려워하는 그녀의 얼굴을 힐끔 쳐다보았다.

"…따라와."

그의 나지막한 목소리에 이리스는 정신이 돌아왔다.

이런 곳에서 우두커니 서 있을 때가 아니었다. 자신이 누구인지, 그것을 알기위해서라도 앞으로 나아갈 수밖에 없었다.

빅터와 이리스는 강을 건넜다.

밤은 아직 끝나지 않았다.

강을 건너고 두 시간을 더 나아간 후, 둘은 산속을 헤치며 들어섰다.

"잠시 쉬자."

빅터가 말을 걸었다. 이리스는 이미 녹초가 된 채로 안장 위에서 몸을 휘청대던 참이었다. 이리스는 빅터의 제안이 고마웠다.

빅터는 이리스를 말에서 내려주고 말에 재갈을 물린 후 옆에 있는 큰 나무에 묶었다. 이리스는 땅에 무릎을 꿇은 채 그대로 웅크리며 앉았다. 당장에라도 눈꺼풀이 감겨서 잠이 들 것 같았다.

"이런 곳에서 자지 마."

빅터가 어이없다는 투로 말하며 검은 망토를 벗어서 건네주었다.

"모처럼 입은 옷이 더러워지잖아. 난 여자가 입는 옷은 가지고 있지 않으니까."

아, 그랬지, 하고 이리스는 쭈뼛쭈뼛 일어나 건네받은 망토를 걸쳤다. 의외로 두툼한 망토가 이리스의 몸을 보드랍게 감쌌다.

"구두도 벗는 편이 나을 거야. 좀 작았으니."

빅터의 말에 이리스는 구두를 벗었다. 다리가 찌릿찌릿 저렸다. 손으로 만지니 다리에서 열이 느껴졌다.

"뭘 좀 먹는 게 좋겠어. 내일도 달려야 하니 버티기 힘들 거야."

"…식욕이 없어요."

말에 실려 몸이 계속 흔들린 탓에 내장도 뒤흔들렸는지 구역질까지 났다.

빅터는 말 등에 매어 놓았던 짐 속에서 작은 꾸러미를 꺼 냈다.

"빨아 먹어도 괜찮으니까 이걸 입에 넣어봐."

자그맣게 말린 과일을 건네받아서 입에 머금자 산뜻한 향기와 새콤달콤한 맛이 입속에 가득 퍼졌다.

"……맛있어요."

"설탕에 절인 살구야."

어느새 모았는지 빅터는 이리스의 앞에 앉아서 작은 나 뭇가지와 떨어진 잎을 망루의 형태로 엮었다. 그러고는 부 싯돌로 불꽃을 일으킨 후 점화구에 불을 붙여서 조심스럽 게 나뭇가지에 옮겨갔다.

이윽고 작은 불이 나뭇가지에 옮겨 붙었고, 망루를 휘감 으며 불길이 일었다.

빅터는 한숨을 가볍게 내쉬고 등 뒤의 나무에 기대었다.

불이 붙는 것을 지켜보고 있던 이리스도 마찬가지로 한

숨을 내쉬고 망토에 폭 쌓인 채로 자리에 누웠다.

빅터는 등에 차고 있던 검을 벗어서 나무에 세웠다. 이리스는 그 검을 바라보았다. 칼집 속에서 자루만이 얼굴을 내밀고 있었다. 검은 칼자루가 불빛에 때로 번쩍번쩍 빛났다.

'빛나는 저건 뭘까? 상감되어 있는 걸까? 아니면 작은 돌이 박혀 있는 걸까? 칼집은 안 보이지만 거기에도 뭔가 장식이 되어 있을까? 한번 보고 싶어.'

하지만 칼을 보여달라는 말은 여자아이가 꺼낼 만한 말이 아니었다.

"…이리스."

빅터가 중얼거렸다.

"네."

이리스는 누운 채로 고개만 들어 올렸다.

'그러고 보니 난 이 사람에게 팔린 거였지. 주인님이라고 부르지 않아도 괜찮다고는 했지만……. 난 대체 어쩌면 좋을까?'

몸을 일으키고 싶었지만 녹초가 된 온몸은 조금도 움직이지 않았다.

'어쩌면 좋지……. 주인님이 일어나 있는데 나는 누워 있다니 실례잖아.'

하지만 불길에 흔들리는 빅터의 얼굴은 화난 것처럼 보이지는 않았다.

"이리스. 왜 이리스인 거지?"

빅터는 중얼거리며 양의 창자로 만든 수통에서 컵에 물을 조금 따른 후 이리스에게 건넸다.

이리스는 천천히 손을 뻗어 물을 받아 들고 몸을 조금 일으켰다.

"기억이 없다고 했는데 이름이 이리스인 건 어째서지?"

"······유키야나기 마을에 사는 할아버지와 할머니께서 붙여 주셨어요."

이리스는 물을 마시고 말했다.

"오 개월 전··· 달이 푸른 날에 유키야나기 마을을 흐르는 강에서 절 구해주셨거든요."

"강에서?"

"유키야나기 마을의 북쪽에는 신들의 봉우리라고 불리는 산이 있는데, 그 건너편에서 이스칸리아와 고지스 간에 전쟁이 벌어졌다고 했어요. 마을을 따라 흐르는 강에는 전쟁에 사용했던 천막이나 도구가······ 때로는 불쌍한 병사들이 떠내려 온대요. 아르친 할아버지가 그중에 한 명이 저였다고 말씀해 주셨어요."

유키야나기 마을의 아르친이라는 노인은 송어 잡이로는 마을에서 으뜸가는 사람이었다. 그물을 집어던지고 쉬엄쉬엄 한숨을 돌리려던 순간 그는 강의 상류에서 반짝반짝 빛나는 무언가가 떠내려 오는 것을 발견했다.

바로 통나무에 매달린 채 떠내려 오는 소녀였다.

"아르친 할아버지께서는 절 집에 데리고 가셔서 할머니와 함께 간호해 주셨어요. 전 눈을 떴을 때 내가 누구인지 어디에서 왔는지 기억하지 못했어요. 이름이 없으면 불편하니까 할아버지께서 이리스라는 이름을 붙여주셨어요."

"이리스는 자라 국의 오래된 말로 '흰 꽃'이라는 뜻이야."

빅터의 말에 이리스는 끄덕였다.

"할머니도 그렇게 말씀하셨어요. 두 분은 저를 친자식처럼 예뻐해 주셨어요……. 유키야나기 마을에서 전 행복했어요."

"하지만 팔렸던 거군."

빅터의 차가운 말에 이리스는 자신도 모르게 일어섰다.

"할아버지와 할머니 탓이 아니에요. 제가 간다고 했어요!"

빅터의 미간이 일그러졌다. 이리스는 천천히 다시 누웠다.

"할머니께서 병이 나셨어요."

불길이 훨훨 타올랐다. 이리스의 눈동자에 그 불길이 비쳤다.

"할아버지께서 양과 밭을 파셨지만 그것만으론 부족했어요. 보관하고 계시던 제 옷도 팔아도 될지 물으셨어요.

전 기꺼이 팔겠다고 했어요. 제가 입고 있던 옷이나 몸에 걸치고 있던 것들은 꽤 가격이 나갔어요. 언젠가 기억을 되찾을 수 있는 단서가 되지 않을까 하고 할아버진 망설이셨지만 그런 건 상관없었어요. 하지만 그래도 턱없이 부족해서…… 할아버진 촌장에게 돈을 빌렸어요."

"그래서 촌장이 인간 상인을 데리고 온 거였던가?"

이리스는 불길을 바라보며 고개를 끄덕였다.

"이름도 모르고 아무 쓸모도 없는 절 예뻐해 주셨던 두 분을 위한 일이라면……."

"아르친이라는 영감이 네가 지니고 있던 물건들을 팔아 준 덕분에 난 널 찾을 수 있었어."

빅터는 가죽 갑옷의 안쪽에서 가느다란 사슬을 꺼냈다. 사슬 끝에는 투명하게 빛나는 돌로 만들어진 펜던트가 달려 있었다.

"그, 그건!"

"네 거야."

빅터는 목에서 펜던트를 끌러내어 이리스에게 건넸다. 이리스의 손안에서 돌이 내뿜는 빛이 흘러넘쳤다.

"모르는 사람의 눈에는 단순히 장신구로밖에 보이지 않을 거야. 하지만 아는 사람이 보면 이건 특별한 물건이라는 사실을 알 수 있지. 난 이 물건을 손에 넣은 자에게서 출처를 따졌어. 하지만 유키야나기 마을에 도착했을 때엔 이미……."

"유키야나기 마을에 갔었어요?"

이리스가 이야기 도중에 끼어들었다. 커다란 눈동자가 빛나고 있었다.

"그래."

"할아버지랑 할머니는 건강하세요?!"

"두 분 다 건강하셔. 네 걱정을 하시더라……. 할머니는 계속 울기만 하셨어."

"할머니……."

이리스의 눈에도 눈물이 차올랐다.

"널 구해준 답례로 조금이나마 사례금도 드렸어. 그리고…… 걱정하지 말라는 말도 했고."

빅터의 목소리가 조금 나긋해졌다. 이리스는 손가락으로 눈물을 훔쳤다.

"두 분께 네가 인간 상인에게 팔렸다는 말을 들었어. 하나무라에서 노예시장이 열린다는 건 알고 있었으니 일단 돈을 준비해서 왔지만… 오천 릴로 끝나서 다행이었지."

"당신은 날 찾으러 왔던 거예요?"

"그래."

"그럼, 당신은 날 알고 있나요? 난, 난 누구예요? 진짜 이름이 뭐예요? 난 대체 어디에서 온 거예요?"

"넌—"

모닥불 너머로 보이는 빅터의 얼굴이 진지해졌다. 그는 몸을 휙 하고 앞으로 내밀고서 이리스의 눈을 들여다보았다.

"넌 이스칸리아 황국의 제삼황녀인, 레티시아 공주다."

파직 하고 소리를 내며 불길이 타올랐다. 쌓아 올린 장작이 무너지며 새빨간 불똥이 밤하늘로 높이 날아올랐다.

"거짓말."

"……이런 가당치도 않은 거짓말을 해봤자 뭐하겠어?"

빅터가 고개를 내저었다.

"삼개월 전에 이스칸리아와 고지스의 전쟁… 신들의 봉우리 전쟁이었지. 그때 네가 행방불명된 이후로 마르셀 황자는 계속 널 찾고 있었어. 황자의 명령을 받아서 나도 신들의 봉우리 주변을 쭉 탐색하고 있었지."

"……마르셀 황자?"

"오라버니도 잊은 거야?"

이리스는 눈을 크게 떴다.

"오라버니? 저한테 오라버니가 있어요?"

"응, 금빛의 황자라고도 불리지."

"오라버니… 마르셀 오라버니……."

이리스는 반복해서 중얼거렸지만, 기억 속에 어떤 모습도 떠오르지 않았다.

"내 부하가 유키야나기 마을 근처에 있는 시장에서 네

목걸이를 발견했다고 보고하더군. 난 즉시 그 마을로 달려가 자초지종을 들었지."

"금빛의 황자… 마르셀… 레티시아……."

이리스는 머리를 감쌌다.

"안 되겠어요. 전혀 실감이 나지 않아요. 다른 사람의 이야기인 것 같아요."

"하지만 넌 레티시아야."

빅터는 단호히 말했다.

"나는 틀리지 않았어. 넌 레티시아야. 넌 나와 함께 이스칸리아에 돌아가야 해."

＊　　　＊　　　＊

"역시 거짓말이야."

말 위에서 이리스는 중얼거렸다. 앞장서서 가고 있던 빅터에게는 그 목소리가 들리지 않는 듯했다.

이튿날, 날씨가 굉장히 맑았고 말도 기운을 찾아서 경쾌하게 달리고 있었다.

"내가 이스칸리아의 공주라니 농담일 거야. 정말 그렇다면 당신은 부하인 거잖아. 그런데 어째서."

이리스는 외쳤다.

"전혀 존경하는 태도를 취하지 않는 거죠?"

빅터가 드디어 뒤를 돌아보았다.

"난 널 섬기는 게 아니야. 마르셀 황자를 섬기는 거지."

"금빛의 황자……?"

"그렇다. 마르셀 황자는 성품이 올곧은 분이셔서 나 같은 이민족의 무공도 인정해 주시고 천인대장으로 임명해 주셨지. 그분을 위한 일이라면 난 어떤 임무라도 수행할 거야."

이리스는 다시 한 번 더 오라버니를 떠올려 보려 했지만 머리가 지끈거려서 그만두었다. 머리를 가볍게 흔들자 가늘게 땋은 머리 몇 가닥이 뺨에 닿았다.

"그, 그렇다고 하더라도 한 나라의 공주를 존경하는 태도가 없다는 건……."

"넌 한 나라의 공주라는 사실을 자각하고 있지 않잖아?"

"그, 그건……."

"앞으로 여행이 길어질 거야. 네 정체가 알려지면 도적이나 적국의 병사들이 습격해 올지도 몰라. 넌 그냥 시골 처녀로 지내는 편이 나을 거야. 앞으로 당분간은 이리스로 지내도록 해."

"아, 알겠어요."

"게다가 넌 나한테 팔린 몸이야. 오천 릴을 돌려받을 때까지는 넌 내 거나 다름없는 거지. 불만 갖지 마."

"……읍."

이리스는 무심코 입을 막았다. 그 경매장에서의 입맞춤을 떠올린 것이다.

"저, 저기요……."

"왜?"

"그, 그때 키스한 건…… 왜인가요? 내가 공주란 걸 알면서도… 입맞춤을……."

"……."

빅터는 미간을 찡그리며 앞을 바라보았다.

"그것도 네가 평범한 여자애라는 인상을 남기기 위해서였어. 거기에 있던 녀석들은 모두 내가 노예를 샀다고 생각했잖아. 설마 공주가 노예가 될 줄은 생각지도 못할 테니."

"……."

이리스는 고삐를 움켜쥐었다. 말에서 떨어질 것 같은 충격을 받았기 때문이다.

'그때 당신밖에 없다고 생각했는데.'

말발굽 소리도 귀를 스치는 바람 소리도 들리지 않았다.

'날 구해줄 수 있는 건, 날 받아들일 수 있는 건 당신밖에 없다고 생각했는데.'

배신당했다는 생각에 마음도 몸도 싸늘해졌다. 이리스는 입술을 깨물며 검은 등 뒤를 노려보았다.

'두고 봐. 기억을 되찾으면― 내가 정말로 공주라면 당신 같은 건, 당신 같은 건… 내 앞에 무릎 꿇고 손등에 키스

하게 할 테니까.'

등 뒤에서 이리스가 어떤 생각을 하는지 빅터는 알 수 없었다. 그는 뒤에서 따라 오는 말발굽 소리를 들으며 사 년 전 겨울을 생각하고 있었다.

처음으로 빅터가 이리스… 아니, 레티시아 공주를 만났던 그날의 일을.

제3장
전장의 흰 꽃

내민 손은 흰 꽃과 같았다.

＊　　　＊　　　＊

이웃나라인 고지스와 전쟁을 치르기 위해 국경 근처의 대지에서 체류한 지 이틀째 되던 날, 빅터는 귀족 사관으로부터 이유 없이 폭력을 당했다.

눈빛이 마음에 안 든다는 둥, 이민족이라는 둥 하는 이유에서였다.

아마도 적과 서로를 견제해야 하는 긴장감을 견딜 수 없어서였을 것이다.

소수이기는 하지만 병사를 통솔하고 있던 빅터라면 실전 경험이 없는 귀족 사관쯤이야 한 손으로도 거뜬히 상대할 수 있었지만, 전쟁터에서는 계급이 절대적이었다.

그는 눈으로 질퍽해진 땅에 손발을 대고, 굽 높은 신발을 신은 그들의 발길질을 받고 있었다.

진흙이 튀었고 찢어진 이마에서 피가 흐르고 있었다.

신체적인 폭력은 얼마든지 견딜 수 있었다. 하지만 배로 감싸고 있던 검에 닿으려 했을 때는, 무심코 팔을 잡고 말았다.

"내 검에 손대지 마!"

"이 자식, 상관한테 대드는 거냐!"

"내 직속상관은 당신들이 아니야."

"뭐라고? 이 이민자 자식이!"

얼굴을 차인 빅터는 고개를 들어 귀족 상관을 노려보았다.

"이 짐승 같은 자식!"

귀족 사관은 얼굴을 붉히며 검을 뺐다. 빅터가 반사적으로 검자루에 손을 가져다 댔을 때였다.

"그만둬!"

딸랑, 하고 방울이 울리는 듯한 목소리가 났다.

빅터와 귀족 사관이 돌아보자, 그곳에는 은백색의 갑옷

을 두른 은발의 소녀가 서 있었다. 휘날리는 망토는 붉은 빛이었다. 옷깃 언저리에는 은빛 여우의 털가죽이 달려 있었다.

"이스칸리아의 무인들이 무슨 짓인가. 여러 명이서 한 명을 상대로 발길질을 하다니."

소녀는 아직 열 살 무렵인 듯했다. 사내들만 있는 전쟁터에서 그 모습은 너무나도 여려 보였다.

"레티시아 공주님."

"레티시아님."

이스칸리아의 제삼황녀인 레티시아 공주였다. 행운의 마스코트로서 이 전쟁터에 주둔하고 있었다. 물론 전쟁에는 참여하지 않았고, 입고 있는 갑옷도 전쟁에 실용적이지 않았다. 그녀의 갑옷은 아름답고 가벼웠지만, 검을 한 번 휘두르면 찢길 듯 연약했다.

귀족들은 서둘러 무릎을 꿇었다. 빅터는 애초에 일어설 수도 없었다.

"공주님. 황공스럽지만, 이 사내는 이민족입니다. 이스칸리아의 사람이 아닙니다."

"이스칸리아의 사람이 아니면 어떻게 하든 괜찮다는 법은 이 나라에는 없다고 알고 있는데?"

소녀는 가느다란 다리로, 하지만 당당한 태도로 빅터와 귀족 사관의 앞까지 다가왔다.

"이 사내는 분대장이지 않은가. 그가 뭘 잘못했는가?"

"반, 반항을 했습니다."

귀족 사관의 말에 레티시아는 빅터를 돌아보았다.

"그랬는가?"

"아닙니다."

단호한 말에 레티시아는 고개를 끄덕였다.

"아니라고 하는데."

"이 녀석은 이민족인데다 평민입니다. 그럼에도 자신의 주제도 모르고서 저희들에게 반항했습니다."

"당신들은 분명히 이스칸리아의 귀족일 터, 귀족은 백성을 지키는 존재라고 아버님께 배웠다. 그런 귀족이 힘없는 평민을 여럿이서 괴롭히는 건가?"

맑고 푸른 커다란 눈망울은 바라보는 상대를 비추는 거울이 되었다. 똑바로 바라보는 그 눈동자 앞에서 귀족 사관들은 어찌해야 할지 모르겠다는 듯 우물쭈물 술렁였다.

"담당 구역으로 돌아가라."

그 말에 다행이라는 듯 귀족들은 달아났다. 레티시아는 자그마한 입술로 떨리는 한숨을 한 번 내쉬고 빅터를 다시 돌아보았다.

"이름이 무엇인가?"

상처투성이의 청년을 보고 두려울 터였지만 레티시아는 당차게 말을 걸었다.

"…일다 지마 십오분대장입니다."

"일다 지마 분대장, 얼굴을 닦는 편이 좋겠군."

레티시아는 빅터에게 손수건을 건넸다. 은방울꽃의 자수가 놓인 아름다운 천에 빅터는 고개를 저었다.

"괜찮습니다. 더러워질 테니까요."

"이상한 소릴 하는군, 일다 지마."

레티시아가 웃음 지었다.

"손수건은 더러워진 곳을 닦는 물건이지 않은가."

"……"

레티시아가 물러설 생각이 없는 듯하여 빅터는 손수건을 받아 들었다. 입술에 가져다 대자 피로 물들었다.

"빨아서 돌려 드리겠습니다."

"가지게."

이민족의 피로 더럽혀진 물건은 필요 없다는 뜻일까. 빅터는 고개를 숙였다.

"─레티."

건너편에서 부르는 소리가 나자 소녀는 돌아보았다. 그리고 그 얼굴이 활짝 환하게 빛났다.

"오라버니."

제일황자인 마르셀이 금색 갑옷을 갖춰 입고 서 있었다. 금빛의 긴 머리칼을 바람에 나부끼는 모습이 마치 온몸이 황금으로 이루어진 듯 보였다. 레티시아는 은빛 머리칼을 휘날리며 그쪽으로 달려갔다.

"......."

오빠의 팔에 들려 안긴 채 웃고 있는 모습이 평범한 소녀 같았다. 주변의 병사들도 두 사람의 모습을 보며 한순간 전쟁터라는 사실을 잊고 있는 듯했다.

그 모습을 눈으로 쫓던 빅터는 손에 든 손수건에 시선을 떨어뜨렸다.

이 손수건보다도 하얗고 보드라운 손이었다.

손수건을 건네던 손이 흔들리지 않았을까.

바람에 흔들리는 꽃과 같지 않았을까.

빅터는 손수건을 한 번 더 입술에 갖다 댔다. 이번에는 입맞춤을 하듯이.

적과의 탐색전은 이튿날에도 이어졌다. 당분간은 이 상태가 계속될 것으로 예상되어 병사들은 저마다 자율 훈련을 명받았다.

빅터는 자신의 분대에 훈련 지침을 전하고, 혼자서 대지와 이어지는 숲으로 들어갔다. 늑대가 나올 우려가 있는 숲이었지만 지금은 새소리만 들렸고 따사로운 햇살이 쏟아지고 있었다.

조금 비어 있는 공간을 찾아서 빅터는 등에 차고 있던 검을 뽑아 정면으로 자세를 취했다. 하나, 둘, 셋, 호흡을 정

리하고 나서 검으로 허공을 갈랐다.

어릴 적부터 아버지에게 배운 적을 베는 순서. 빅터가 내뿜는 살기를 느꼈는지 새소리가 멈추었고, 검이 바람을 가르는 소리만이 몇 번이고 울렸다.

이스칸리아에서 사용하는 검은 빅터가 사용하는 폭이 좁고 가는 검이 아니었다. 치고받는 것이 주 용도인 폭이 넓은 검뿐이었다. 검을 바꿀 생각은 애초에 없었다.

아버지에게서 물려받은 검으로, 아버지에게 배운 검술로 빅터는 이 나라에서 강해질 생각이었다.

"그건 북쪽의 무술인가?"

유리그릇에 구슬이 구르는 듯한 맑은 소리가 들려왔다. 깜짝 놀라 뒤를 돌아보자 나무 사이에 은빛 소녀가 서 있었다.

어제와 다름없는 붉은빛 망토. 하지만 갑옷은 입고 있지 않았고 귀족 소녀가 입음직한 상하의를 입고 있었다. 길게 출렁이는 머리는 지금은 다부지게 묶어서 위로 말아 올리고 있었다.

언뜻 보기에 소년병이나 시동처럼 보였다.

"……레티시아 공주님!"

빅터는 깜짝 놀라 무릎을 꿇었다.

"아아, 괜찮아. 내가 그댈 방해한 거잖나. 신경 쓰지 말고 계속하게."

"시중드는 이 없이 이런 곳에 있으시다니. 여긴 늑대가 나와서 위험합니다."

"그대도 혼자서 오지 않았나."

빅터는 일어났다.

"처소에 모셔다 드리겠습니다."

"싫다. 조금 더 그대의 검술을 보고 싶구나."

"어째서……."

"일다라는 건 북쪽 이름이라고 오라버니께 들었다. 난 이 나라 밖엔 나간 적이 없어서 궁금한 게 많아. 그대의 검술도 이스칸리아에서는 본 적이 없는 것이었네."

"…검이 다르니까요."

"그렇지. 실은 그 검에도 관심이 있다."

"무기에 관심이 있으십니까?"

"아, 아냐… 가 아니라, 그렇지 않다."

레티시아는 어린아이 같은 말투를 서둘러 고쳐 말했다.

"난 검의 장식을 좋아하는 거네. 무척이나 아름답다고 생각해. 검은 사람에게 상처를 입히거나 사람을 죽이는 물건인데, 어째서 문양이나 보석으로 장식하는 걸까. 제한된 크기 안에서 대체 얼마나 노력을 해서 저렇게 아름다운 장식을 만들어내는 걸까."

열의를 띤 레티시아의 말투가 중간부터 달라지고 있었다. 숭배해야 할 대상에서 소녀다운 모습으로, 이야기의 대

상이 검이 아니라 마치 마음에 드는 보석을 말하고 있는 듯
했다.

레티시아의 시선이 검으로 곧장 향해 있다는 것을 알고
빅터는 쓴웃음을 지었다. 그는 손에 들고 있던 검을 등의
칼집에 넣고, 가슴 앞에 고정시켰던 칼집의 끈을 풀었다.

"보십시오."

칼집을 통째로 건네자 레티시아는 흥미진진한 얼굴로 칼
집에 들어간 검을 뽑아 들었다.

"와아……."

빅터의 검은 칼자루에도 칼집에도 장식이 있었다. 전설
의 동물인 용을 모티브로 새긴 조각이 칼집 전체를 뒤덮고
있었고, 용은 칼자루를 향해 승천하고 있었다.

"예뻐……."

레티시아는 용의 눈과 용이 내뿜는 불길에 박힌 보석을
만지작거리며 중얼거렸다.

칼자루에도 용의 문양이 대칭으로 새겨져 있었다. 용의
비늘로는 세밀한 자개가 박혀 있었다.

"굉장해……. 북쪽 나라의 검은 전설 같아."

"그렇습니까?"

"일다 지마는 북쪽의 어디에서 온 거야?"

레티시아는 용의 비늘의 감촉을 손끝으로 느끼며 말했
다.

"전 이스칸리아에서 태어났습니다. 아버지는 삼십 년 전 요르가르트에서 이곳으로 왔습니다."

"요르가르트? 그런 이름의 나라는 없어……. 역사책에 안 쓰여 있었어."

"없어졌습니다."

레티시아는 눈을 깜박거렸다.

"나라가 없어지기도 해?"

"이스칸리아에…… 당신의 부황에게 멸망당했습니다. 지금은 이름이 바뀌었습니다."

"미, 미안해."

얼굴빛이 새파래진 소녀에게 빅터는 고개를 저었다.

"당신이 사과할 일이 아닙니다. 저도 당신도 태어나기 전이었으니까요."

"그래도……."

바로 그때, 빅터는 숲 속으로부터 자신들을 향한 살기를 느꼈다. 그는 레티시아에게 손을 내밀었다.

"검을 돌려주십시오."

"응? 으응."

빅터의 다급한 모습에 레티시아는 얌전히 검을 건넸다. 빅터는 자루에서 검을 뽑아 든 후 레티시아를 자신의 등 뒤에 숨겼다.

"무, 무슨 일이야?"

"──늑대입니다."

"뭐어?!"

나무 사이에서 회색 늑대가 한 마리 한 마리 모습을 드러냈다.

"꺄악──"

레티시아는 작게 비명을 지르며 빅터의 등 뒤에 매달렸다. 따뜻한 체온을 느끼며 빅터는 무심코 숨을 죽였다. 이 소녀를 꼭 지켜야 한다는 생각이 들었다.

늑대는 모두 일곱 마리였다. 작은 무리였다. 빅터는 마음을 놓았다. 이 정도라면 쓰러뜨릴 수 있을 것 같았다.

"제 뒤에서 떨어지시면 안 됩니다."

"으응."

먼저 나타난 두 마리가 앞장서서 달려들었다. 빅터는 오른손에 들고 있던 검으로 한 마리를 베었고, 왼손을 늑대의 입을 향해 뻗었다.

"일다!"

레티시아가 비명을 질렀다. 하지만 짐승은 혀를 잡히면 입을 닫을 수 없게 된다. 빅터가 혀를 강력하게 제압하자 늑대는 비명을 지으며 물러섰다.

두 마리가 당하는 광경을 보자 늑대들도 주저했다. 세 마리째 달려들었을 때는 양손으로 다부지게 검을 들고 날이 아닌 칼등으로 쓰러뜨렸다. 가능하면 죽이고 싶지 않았기 때문이었다. 숲은 늑대들의 세력권이므로 자신들이 침입자에 해당하는 것이다.

네 번째 늑대가 포복 자세를 취했을 때는 오히려 빅터가 먼저 달려들었다. 역시 칼등으로 늑대의 긴 콧등을 내려쳤다. 늑대들은 전의를 상실하고 숲 속으로 달아났다.

처음에 달려들었던 늑대의 시체만이 남아 있었다.

"이젠 괜찮아……?"

"아마도."

빅터는 땅에 널브러져 있던 칼집을 주워 들었다. 레티시아가 그 옆을 빠져나와 쓰러져 있는 늑대에게 다가갔다.

"죽었어……? 불쌍하게……."

"가까이 다가가지 마!"

빅터는 외치며 레티시아의 망토자락을 힘껏 끌어당겼다. 동시에 늑대가 고개를 들어 소녀를 물어뜯으려 했다.

"꺄아악!"

빅터는 재빨리 검으로 늑대의 목을 베었다. 늑대는 호박색 눈동자에 자신을 죽인 인간의 모습을 비추며 숨을 거두었다.

"첫 번째 검이 얕게 들어간 탓인가……."

빅터는 한숨을 내쉬었다. 자신에게 여유가 있었다면 단번에 처리할 수 있었다. 두 번 다시 고통을 맛보게 하지 않고 끝낼 수 있었다.

돌아보니 레티시아가 진흙에 엉덩방아를 찧고서 자신을 올려다보고 있었다.

"아······."

아름다운 붉은 망토가 진흙투성이였다. 하얀 볼에도 진흙이 튀어 있었다.

"거, 거칠게 밀어서 미안."

빅터는 레티시아의 팔을 잡아 일으켜 세웠다. 레티시아는 망토의 깃 언저리를 만지작거리며 우물쭈물 말했다.

"···목 졸리는 줄 알았어······."

"미안··· 아니, 정말 죄송합니다······."

레티시아가 새침하게 고개를 돌렸다.

"좋아. 생명을 구해줬으니 내 앞에선 예의를 차리지 않아도 괜찮네. 내가 허락하지."

"네에? 하지만 그건."

"내가 괜찮다고 하는 거다."

입을 다물고 있던 빅터가 이윽고 웃음을 터뜨렸다.

"···너도 아까 전의 말투가 더 귀여웠어."

빅터의 말에 레티시아의 볼이 순간 발그레해졌다.

"그, 그래? 전쟁터에선 황녀다운 말을 써야 한다고 해서······. 그렇지만 오라버니 흉내는 너무 어려워."

웃고 있는 빅터를 보고 레티시아는 머뭇머뭇 손가락을 붙였다가 떼기를 반복하고 있었다.

"저기 말이야. 이쪽이… 귀여워? 진짜로?"

"으응. 여자애 같아. 너답기도 하고."

레티시아의 뺨이 점점 더 붉어졌다. 볼에 튄 진흙이 신경 쓰여서 빅터는 가죽 장갑에 싸여 있는 손을 내밀었다.

"꺅, 뭐야?"

빅터의 손이 느닷없이 볼에 닿아서 놀란 탓인지 레티시아가 펄쩍 뛰며 물러났다.

"진흙이 묻었어."

"아……."

레티시아는 볼을 쓱쓱 문질렀다.

"고마워……. 좀 놀란 것뿐이야. 일다는 강하네. 북쪽의 병사는 모두 강해?"

"절반은 검 덕분이지."

"그래? 역시 대단한 검이네."

빅터는 조금 전에 레티시아의 볼에 닿았을 때와 마찬가지로 장갑을 낀 손으로 검에 묻은 피를 닦았다.

"표면이 멋진 물결 모양이네."

레티시아는 감탄한 듯이 중얼거렸다. 빅터의 뒤에서 검을 들여다보는 레티시아의 하얀 얼굴이 검에 비쳤다.

뜻하지 않게 빅터의 심장이 뛰었다. 어릴 적에 들었던 아버지의 말을 떠올렸기 때문이다. 아버지는 말했다. 이 검에 여성의 모습이 비치면 그 사람이 바로 자신의 운명의 상대라고.

그 이야기를 듣고 가슴이 두근거려서 잠을 이룰 수 없었다.

대체 어떤 여자아이가 자신의 검에 비칠까. 예쁜 아이일까, 마음이 고운 아이일까 하는 생각을 했다.

지금, 검날에 레티시아의 모습이 비치고 있다. 그것은—

빅터는 황급히 검을 칼집에 넣었다.

"우웅······."

레티시아가 불만스러운 듯한 소리를 냈다. 조금 더 보고 싶다는 표정으로 빅터를 올려다보았다. 빅터는 얼른 시선을 피했다.

"······."

그런 일은 가당치도 않다. 이스칸리아의 황녀가 이민족이라는 이유로 멸시당하는 자신의 신부가 되다니. 그리고 이 소녀는······.

"아직 어린애잖아."

무심코 입에 올린 말을 레티시아는 재빠르게 알아들었다.

"어린애 아니야, 벌써 열셋이나 됐는걸!"

"열셋?"

미심쩍어 하는 얼굴과 말투를 해서인지 레티시아는 입을 뾰로통하게 내밀었다.

"몇 살이라고 생각했어?"

"열 살 정도라고 생각했지."

"너무해. 당장에라도 시집갈 수 있는 나이인걸!"

레티시아는 자그마한 발을 콩콩 굴렀다.

"시집……."

그 말이 또다시 기억 속의 달곰쌉쌀한 감정을 자극했다. 검의 소녀를 생각하며 보낸 소년의 나날.

"왜 그래?"

"응?"

레티시아가 이상하다는 듯한 표정으로 올려다보았다.

"얼굴이 빨개. 새빨개."

"아, 아무것도 아니야."

빅터는 한 손으로 얼굴을 덮으며 레티시아에게서 등을 돌렸다.

"진영에 데려다줄 테니까……."

"저기."

"왜?"

"내일도 와도 돼?"

빅터가 놀라서 돌아보았다.

"어째서?"

"일다가 마음에 들어. 그 검이랑 검술도 마음에 들고. 내일도 보러 오고 싶어."

"안 돼. 또 늑대가 나타날지도 모르니까."

"일다가 지켜줄 거잖아?"

빅터는 허리에 손을 대고 자그마한 공주에게 무서운 표정을 지어 보였다.

"한 나라의 공주가 이민족과 어울리면 오라버니께 혼날 거야."

"오라버니는 그렇게 도량이 좁은 사람이 아니야."

"…도량이란 말을 아네."

"그러니까 어린애가 아니라는 거야."

발끈하는 레티시아에게 빅터는 한숨을 내쉬었다.

"말려도 올 거지?"

"그럴 거야."

"……빅터야."

"응?"

"이름 말이야. 빅터 일다 지마."

레티시아는 기쁜 듯이 웃었다.

"빅터. 멋진 이름이네. 북쪽에 있는 별 같은 이름이야. 나는 레티시아야."

"알아."

레티시아는 뒷짐을 지고 좁은 어깨를 치켜 올렸다.

"특별히 레티시아라고 부르게 해줄게. 오라버니밖에 못 부르는 이름이야."

"목이 날아갈지도 모르겠군."

"오라버닌……."

"도량이 넓다는 거지?"

"그래."

레티시아는 깔깔거리며 소리 높여 웃었다. 고요한 숲에 울려 퍼지는 그 웃음소리는 마치 새의 노랫소리 같았다.

그러나 레티시아는 이튿날 올 수 없었다. 고지스와 벌이던 탐색전의 균형이 그날 오후 갑자기 깨졌기 때문이다.

적국의 침입을 알리는 뿔피리가 울려 퍼지고 창끝이 태양에 빛났다.

이번 전쟁의 지휘를 맡은 마르셀 황자는 즉각 대응하여 아군의 진형을 독수리 날개 형태로 구축했다. 중앙을 일부러 비워서 양쪽에서 포위하는 작전이었다.

빅터는 왼쪽 날개의 선두를 맡았다. 자신의 분대원 스무 명을 이끌고 해일처럼 쳐들어가 적을 무찌르는 임무였다.

고요했던 고원은 비명과 노호, 검이 맞부딪히는 소리와 말의 울음소리로 채워졌다.

빅터는 적을 쓰러뜨리면서도 작은 언덕에 세워진 본진이 신경 쓰였다. 그곳에는 황자와 황녀가 있었다. 아무 쓸모 없이 아름답기만 한 갑옷을 몸에 두른 채.

적을 몇 명쯤 쓰러뜨렸을까. 말과 사람의 시체가 초원을 메울 무렵, 빅터는 언덕 너머로 빛나는 무언가를 보았다. 한순간에 사라졌지만 그의 가슴에 불길한 인상을 남겼다. 빅터는 말의 머리를 돌려 본진을 향해 달렸다.

적군과 아군이 이렇게나 뒤섞여 있으니 담당 구역을 비웠다고 한들 비난 받을 일은 없을 것이라고 생각했다.

물론 본진에는 황족을 지키는 '오반(大番)'이란 호위들이 있다. 따라서 만약 무슨 일이 벌어지더라도 그들이 무사할 것이라고 생각했……. 하지만.

레티시아의 웃는 얼굴이 떠올랐다. 빅터는 두근대는 가슴이 진정되지 않았다.

본진은 화려한 천막으로 만들어져 있었다. 이스칸리아의 문양이 새겨진 깃발이 늠름하게 펄럭였다. 그 천막 안에 마이셀과 레티시아가 있을 터였다.

빅터가 본진에 도착하자 천막 앞에 있던 호위들이 그를 막아섰다.

"기다려라. 하사관이 무슨 일이냐?"

"오반께 보고 드립니다. 조금 전, 언덕 후방에서 적군으로 보이는 움직임이 있었습니다. 후방에 보초를—"

빅터가 말 위에서 외치는 동시에 천막 안에서 목소리가 높아졌다.

"밀어붙여라!"

빅터는 말에서 호위들의 머리 위를 날아넘듯 뛰어내려 천막으로 달려 들어갔다. 천막 안에는 지금 막 오반 두 명이 쓰러지던 참이었다. 그 외에는 싸운 적도 없어 보이는 시동과 시녀가 있을 뿐이었다.

"막돼먹은 놈들."

천막 뒤를 찢고 침입했는지 적군 여러 명이 오반의 시체를 뛰어넘어 마이셀에게 다가갔다. 빅터는 적군의 거대한 도끼가 마이셀을 내려치기 전에 가까이 있던 의자를 집어던졌다. 의자는 도끼날에 순식간에 부서졌다.

하지만 뻗은 팔은 빅터의 검에 잘려 나가 두 번 다시 들어 올릴 수 없게 되었다.

아우성치는 적의 머리를 빅터가 내려쳤다.

"레티시아!"

마이셀이 여동생을 부르는 비통에 잠긴 목소리. 소녀에게도 적군 병사가 다가가고 있었다.

빅터는 떨어진 도끼를 들어서 집어던졌다. 단단한 갑옷이 도끼를 튕겨냈다. 그만큼 단단한 갑옷을 몸에 두르고 있었지만 뒤를 돌아본 병사의 갑옷과 투구의 틈 사이로 빅터는 날카로운 검을 관통시켰다.

'이제 남은 건 한 명!'

세 번째 적군이 또 다시 마이셀을 덮치려고 했다. 빅터가 파고들자 적은 뒤를 돌아보고서 검에 대응했다. 빅터는 가벼운 갑옷을 몸에 두르고 있는 만큼 움직이기 수월했다. 폭이 넓고 무거운 적군의 검에 빅터의 검은 능숙하게 맞섰다.

"…윽!"

검을 몇 번 주고받은 끝에 튕겨 올라간 적의 검 아래로 빅터는 몸을 날렸다. 빅터의 검이 병사가 입고 있던 갑옷을 그대로 관통했다.

"레티!"

빅터는 검을 뽑은 후에 털썩 주저앉아 있는 레티시아의 곁으로 달려갔다.

"괜찮아? 다친 데는?"

"비, 빅터……."

레티시아의 갑옷이 빅터가 쓰러뜨린 병사의 피를 뒤집어쓴 채 붉게 물들어 있었다. 그녀는 빅터에게 손을 뻗어서 그의 몸에 매달린 채 소리 높여 울기 시작했다.

"괜찮아, 이젠 괜찮아."

검의 소녀, 내가 지켜야 한다…….

안도하는 빅터의 등 뒤에서 짝짝 하고 손뼉을 치는 소리가 들렸다. 깜짝 놀라서 돌아보자 마이셀이 서 있었다. 그는 온화한 표정으로 빅터를 보고 있었다.

"목숨을 구해주었군. 자네의 이름은 무엇인가."

"일다 지마 십오분대장입니다."

금빛의 황자라고도 불리는 마이셀은 화려한 황금빛 머리

칼을 넓게 출렁이고 있었다. 레티시아와 굉장히 닮은 하얀 얼굴은 눈으로 직접 보니 부서질 듯이 아름다웠다.

원칙대로라면 군례를 올려야 하지만 레티시아가 붙들고 있는 탓에 할 수가 없었다.

"일다 지마, 훌륭했네. ……그런데 누이와 아는 사이인가?"

"아, 그건……."

"빅터는, 빅터 일다 지마는 날 구해줬어. 숲에서 늑대에게 습격 받을 뻔했을 때!"

레티시아가 빅터의 어깨 너머로 외쳤다. 그 이야기를 듣고 마이셀이 엄한 표정을 지었다.

"숲에서? 또 호위병을 따돌리고 혼자서 행동했느냐?"

"아, 저기……."

레티시아가 우물쭈물하며 빅터의 그림자에 숨었다.

"…정말이지 말괄량이 공주로구나. 네 일은 나중에 다시 이야기하기로 하고, 일다 지마 분대장 자네에게는 포상을 내리도록 하겠네. 소원이 있는가?"

"아……."

소원? 소원을 말해도 되는 걸까?

빅터는 팔에 매달린 소녀를 바라보았다. 검에 비친 신부—

"제 소원은… 레티시아 공주님을……."

레티시아가 눈을 깜박였다. 마이셀도 잠시 긴장한 표정을 지었다.

"……레티시아 공주님을 혼내지 말아주십시오."

말이 끝나기가 무섭게 마이셀이 웃음을 터뜨렸다.

"욕심이 없는 사내로군. 알겠네. 자네를 봐서 레티시아에 대한 처벌은 없는 걸로 하겠네. 다행이구나, 레티."

"네, 네에. 오라버니."

레티시아가 머뭇거리며 빅터에게서 떨어졌다. 그리하여 빅터는 이제야 마이셀 황자에게 군례를 올릴 수 있게 되었다.

"자네의 바람은 이루어졌네. 그리고 이참에 새로운 일을 맡기도록 하지. 자네는 내일부터 백인대장을 맡도록 하게."

"네에?"

"백 명은 너무 많은 건가?"

백인대장이라면 사관이다. 이민족 중에 그러한 지위까지 오른 이는 없었다.

"가, 감사히 받들겠습니다."

빅터는 머리를 조아렸다. 마이셀 황자는 영리하고 공평하며 도량이 크다는 소문은 들은 적이 있었다. 레티시아도 그리 말했지만 설마 이렇게까지 후한 대접을 받을 줄은 생각지도 못했다.

"재미없어."

레티시아가 중얼거렸다.

"결국 남자는 지위나 명성만 좋아하는구나."

"뭐야? 그럼 신부로 달라는 말이라도 할 줄 알았던 거냐."

"그, 그건……."

레티시아의 얼굴이 붉어졌다.

"하하, 네가 좋아하는 옛날이야기에 등장할 법하구나."

이윽고 시녀가 더러워진 레티시아의 갑옷을 벗기기 위해 다가갔다. 빅터는 다시 한 번 더 마이셀에게 머리를 조아리고 천막을 나섰다.

귀족 사관들이 천막으로 들어갔다.

그 모습을 눈으로 쫓다, 빅터는 여전히 싸움이 계속되고 있는 고원을 보았다.

"옛날이야기란 말이지."

일개 병사가 왕가의 공주를 신부로 맞이하기에는 세계가 너무 달랐다.

"내가 사는 세상은 저곳이다."

빅터는 중얼거리며 말에 올라탔다. 그리고 비명과 노호와 무기가 맞부딪히는 소리가 울려 퍼지는 전장으로 다시 돌아갔다.

제4장
국경의 마을에서

자라 국과 이스칸리아의 국경 근처에는 발렌시아라는 마을이 있다. 예부터 교통의 요지로 번성하고 있는 곳이었다. 규모도 크고 풍광명미한 산과 온천도 있어서 자라 국 귀족들의 별장이 많았다. 마을에는 활기가 넘쳤고 다양한 인종이 오갔다.

"오늘은 발렌시아에서 묵자. 오랜만에 지붕이 있는 곳에서 잘 수 있어."

"사람이 꽤 많네요."

"여기부터는 걸어갈 거야. 말에서 내려."

길 양쪽으로 작은 천막이 즐비하게 늘어서 있었고 상인

들은 목청을 높이고 있었다.

채소를 가득 실은 짐수레꾼, 깃털이 그대로 붙어 있는 새가 줄지어 매달려 있는 포장마차, 좋은 향을 풍기는 향신료 가게, 울음소리를 내는 돼지나 머리만 남은 양, 구두 수선 가게나 양탄자를 몇 장이고 장식한 가게도 있었다.

"굉장해, 너무 재밌어!"

설레는 마음을 억누르지 못하고 이리스는 상점 이곳저곳을 들여다보았다.

"두리번거리다가 미아가 될지도 몰라."

"그야 이렇게 시끌벅적한 마을은 처음이니까 그렇죠."

빅터에게 무심코 웃음 짓던 이리스는 서둘러 뺨을 찰싹찰싹 두드렸다.

'안 돼, 안 돼. 난 빅터를 용서하지 않겠다고 결심했어. 그래, 저런 냉혈한이랑은 말도 섞지 않을 거야.'

그러나 웅성대는 사람들의 소리와 활기, 알록달록한 상점들에 현기증이 날 만큼 흥분하고 말았다.

목숨을 건진 후에 지내던 유키야나기 마을은 작은 농촌이었고, 하나무라에서는 거의 한 달간 좁은 오두막에 갇혀 있었기 때문에 이렇게 떠들썩한 도시는 처음이나 마찬가지였다.

"아……!"

작은 비명과 같은 소리를 지르며 이리스는 달리기 시작

했다. 그 목적지를 보고 빅터는 쓴웃음을 지었다.

무기 상점이었다.

전쟁용 대형 도끼와 수많은 검이 깔개 위에 아무렇게나 늘어져 있었다. 이리스는 그 앞에 쪼그려 앉아 반짝이는 눈으로 검을 바라보았다.

"아가씨가 이런 위험한 물건을 좋아하는가?"

무기 상점의 아저씨는 보기 드문 여자 손님에 기분이 좋은 듯했다.

"너무 예뻐요. 이거 대부분 이스칸리아의 검이죠?"

"아무렴. 얼마 전에 있었던 이스칸리아와 고지스의 전쟁에서 흘러나온 물건이 꽤 나돌고 있거든."

무기 상점 아저씨는 작은 비수를 꺼냈다.

"이건 꽤 옛날 물건인데, 이 정도라면 아가씨가 호신용으로 가지고 다니기 좋지 않을까."

"와아— 예쁘다아."

하얀 산양의 껍질을 옻칠해서 굳힌 칼집에 알록달록한 비즈가 박혀 있었고, 화려한 꽃무늬가 그려져 있었다. 이리스는 검을 뽑아보았다. 칼날도 제대로 갈려 있었다.

"이건 신부가 자신의 몸을 지키기 위한 칼일세."

"아, 그렇죠. 알고 있어요."

이리스는 넋을 잃고 칼집을 손가락으로 문질렀다.

"굉장하네요. 이건 신부의 어머니가 주문한 걸 거예요,

틀림없이!"

"오래된 물건이지만 상태는 좋을걸세."

가게 주인은 검의 무늬 부분을 손가락으로 가리켰다.

"보게, 여기에 행운을 비는 말이 글로 장식되어 새겨져 있잖나. 분명 사랑받는 딸일걸세."

"그런가 보네요."

어머니, 그 기억 또한 이리스에게는 없었다. 하지만 그 장식 문구를 보고 있으니 가슴 깊숙한 곳이 애잔하게 욱신거렸다.

'나에게도 있을까, 나의 행복을 빌어주는 어머니가.'

갑자기 검은 가죽 장갑이 이리스의 얼굴 옆으로 지나갔다. 빅터가 이리스에게서 비수를 들어 올렸다.

"얼만가."

칼끝을 손가락으로 어루만지며 물었다.

"백이십 릴입니다. 나리."

빅터는 가만히 지갑에서 백이십 릴을 꺼냈다. 가게 주인의 두툼한 손바닥에 은화가 짤랑짤랑 하고 떨어졌다.

"감사합니다. 부인께 드리는 선물이신갑죠?"

무기상의 말에 이리스는 허둥거리며 손을 내저었다.

"아, 아니에요. 난 부인이……."

"자."

빅터가 이리스에게 비수를 건넸다.

"아, 저기……."

이리스는 검과 빅터를 몇 번이고 번갈아 보았다.

"나, 나 당신에게 이런 걸 받을 이유가 없어요."

"몸 정도는 스스로 지켜줬으면 하니까."

이리스는 팔을 뒤로 꼬고 몸을 살랑살랑 흔들고 있었지만, 아름다운 단검에서 시선을 뗄 수 없었다.

"사흘간 말 타고 열심히 따라와 준 보답이야."

"보답……."

보답이라면 받아도 될까. 맞다, 빅터는 얄밉지만 이 검에는 아무런 죄가 없다.

이리스는 검을 받아 들었다.

"고, 고마워요……."

"숙소로 가지."

빅터는 말을 끌고 등을 돌렸다.

"기, 기다려요……."

허겁지겁 일어나 쫓아가려고 할 때였다.

"플로레스!"

비명과 같은 소리와 강한 힘이 이리스의 등을 감쌌다.

"꺄악……!"

"플로레스 언니! 어딜 갔었던 거야!"

이리스의 등 뒤로 여덟 살쯤 되는 소녀가 찰싹 붙어 있었다.

"어? 어? 플로레스……?"

빅터가 무서운 표정을 지으며 돌아왔다. 그사이에도 이리스의 등에 매달려 있던 소녀는 눈물범벅인 얼굴로 외치고 있었다.

"언니가 없어져서 다들 얼마나 걱정하는데! 집엔 왜 안 돌아오는 거야!"

"저, 저기……."

이리스가 가까스로 소녀의 몸을 떼고 얼굴을 들여다보자, 소녀는 놀란 듯이 몸을 젖혔다.

"언니가 아니야! 누구야?!"

"저, 저기, 난 이리스라고……. 으음, 진짜 이름은 아니지만… 이리스라고 해."

"마리, 뭐하는 거니!"

등 뒤에서 사람들을 헤집고 어머니로 보이는 여성이 달려왔다.

"놀라게 한 듯한데 미안하구나. 네가 입고 있는 그 코트가 딸아이 것과 많이 닮아서……."

어머니는 마리라고 불렀던 소녀를 자신의 품으로 끌어당겨 안으며 말했다.

"갑자기 언니라고 부르면서 달려가서는……. 깜짝 놀라게 해서 미안하구나."

"네, 네에."

이리스는 코트 자락을 꽉 쥐었다.

"그런데 뒷모습이 딸아이를 정말 쏙 빼닮아서… 이 코트가… 딸아이 것이……."

어머니는 물끄러미 이리스의 모습을 바라보았다.

"이 코트……."

얼굴색이 달라졌다. 그녀가 이리스가 입고 있는 코트에 달려들었다.

"플로레스의 코트야! 틀림없어, 여기에 내가 놓은 자수가 있는걸. 이거 플로레스의 코트잖아! 어째서 네가 입고 있는 거니? 플로레스는 어딨어?"

"저, 전……."

이 코트는 유흥가에서 나올 때 경매장 주인이 가지고 있던 물건이다. 인간 상인에게 팔린 소녀들의 옷. 그렇다면 이 코트의 주인인 플로레스라는 여자아이도…….

"플로레스는 어디에 있니?! 한 달 전에 갑자기 사라져서 계속 찾고 있는데도 돌아오질 않는구나. 넌 알고 있니?!"

"저, 저, 저는―"

당황하는 이리스의 어깨를 등 뒤에서 살포시 감싸는 이가 있었다.

빅터였다.

"…이 코트는 하나무라의 헌옷 가게에서 산 물건이오."

"하나무라? 하나무라라니?"

어머니의 얼굴이 굳어졌다. 하나무라가 악명 높은 환락가라는 것을 알고 있는 듯했다.

"서, 설마 플로레스가 하나무라에 있다고……."

"미안하지만, 우리들은 옷을 샀을 뿐 아무것도 모르오. 하나무라에서 찾아보면 어떻겠소."

"그럴 리가……."

소녀가 불안한 듯 어머니의 손을 잡아끌었다.

"엄마… 언니한테 무슨 일이 있는 거야? 어디에 있어?"

빅터가 우두커니 서 있는 이리스의 등을 밀었다.

"가자."

"아, 네……."

몇 걸음 걷다가 이리스는 돌아보았다. 얼굴을 손으로 가리고 있는 어머니에게 소녀가 울먹이는 표정으로 무언가 말을 붙이고 있었다.

"……."

이리스는 견딜 수 없어서 두 사람의 곁으로 달려갔다.

"이걸—"

코트를 벗어서 건넸다.

"저도 하나무라에서 구출됐어요. 괜찮을 거예요, 따님도 분명 잘 있을 거예요. 그러니 돌아오면 이걸 돌려주세요."

"너도, 하나무라에서……."

어머니의 놀란 얼굴에 이리스는 끄덕였다.

"죄송해요. 아무 도움도 못돼 드려서……."

이리스의 뺨에 눈물이 타고 흘러내렸다.

"……."

어머니는 이리스에게서 코트를 받아 들었다.

"고맙구나. 단서를 얻을 수 있었던 것만으로도 기쁘단다. 딸을 꼭 찾을게."

"네… 네……!"

부질없는 희망일지도, 닿지 못할 꿈일지도 모른다. 그러나 살아 있기만 한다면 언젠가 이루어질 것이다.

몇 번이고 머리를 숙이는 어머니와 헤어지고, 이리스는 가만히 기다리고 있던 빅터에게 돌아왔다.

"기다리게 해서 미안해요."

"괜찮은 거야, 코트는?"

"네, 됐어요. 난 옷도 구두도 검도 있으니까."

눈물로 얼룩진 얼굴로 웃으며 답하는 이리스에게 빅터는 말없이 자신의 망토를 벗어서 건넸다.

"쌀쌀하니까 입어."

"고마워요, 빅터……."

빅터의 망토는 따뜻했다.

'안 되겠어……. 난 역시 빅터가 좋아…. 이 정도로도 기뻐하게 되는걸…….'

이리스는 망토를 몸에 꼬옥 휘감았다. 그의 체온이 사라지지 않도록.

숙소에 도착해서 말을 맡기고 빅터는 숙소 장부에 이름을 적었다.

빅터 로즈리—물론 가명이다—와 아내 이리스.

아내, 라고 쓰는 것을 보고 이리스는 빅터를 힐끔 올려다보았다. 하지만 빅터는 아무 반응이 없었다.

'아내……'

망설임 없이 쓴 그 말에 기뻤다. 신분을 감추기 위한 것일지라도.

방에 들어가자 침대가 하나뿐이었다. 부부 행세를 하고 있으니 당연했지만, 이리스는 당황했다.

"빅터, 침대가 하나밖에 없어요."

빅터는 이리스가 걸치고 있던 망토를 벗기고 묘하게 상냥한 말투로 말했다.

"당연하지. 우린 부부니까."

"그, 근데, 난……"

빅터는 이리스의 팔을 이끌고 그대로 침대에 걸터앉았다. 이리스의 몸이 빅터의 무릎에 털썩하고 올라앉았다.

"빅터!"

"내외할 거 없어. 그냥 여보라고 불러도 돼."

"잠, 잠깐 빅터, 왜 이러는 거예요?"

들어본 적이 없는 빅터의 가벼운 말투에 이리스는 당황하며 그를 밀쳐내려고 했다. 하지만 그 양쪽 손목은 빅터의 한 손에 간단히 잡혔다.

"넌 내 거라고 말했을 텐데, 이리스. 계속 만지고 싶은 걸 참고 있었어. 그 장미꽃 봉오리 같은 입술… 풀솜 같은 뺨……."

"빅터?!"

빅터와 만난 지 사흘째 되는 날이었지만, 과묵하고 허튼소리는 하지 않는 남자라고 생각했다. 특히 외모를 칭찬하는 일은 절대 없을 것이라고 생각했다. 하지만.

"아름다운 이리스… 그 눈동자에 나를 비추어줘."

이리스는 한 손을 빅터의 뺨에 갖다 댔다.

"열이라도 있는 거예요? 이상한 환각 버섯이라도 먹었어요?"

"……가만히 있어."

말이 끝나기가 무섭게 빅터는 이리스의 입술을 자신의 입술로 덮었다. 어깨를 둘러싼 손으로 턱을 잡고 있어서 도망갈 수도 없었다. 혀끝이 그녀를 더듬고 들어와 휘감았다. 이리스는 온몸이 떨렸다.

키스―?

이리스는 눈을 크게 떴다.

'어째서? 지금까지 한 번도 건드리지 않았으면서?'

경매장에서 입맞춤을 한 이후, 빅터는 손가락 하나 건드리지 않았다.

조금 전 시장에서 있었던 일도 그렇고, 이렇게 되면 마음을 억누를 수 없게 될 것 같았다.

입술을 살포시 열자 빅터의 혀끝이 들어왔다. 차가운 입술 속에 이렇게 뜨거운 혀를 숨기고 있을 줄이야.

이리스의 혀를 간질이며 쪼옥 빨아들였다. 긴장해서 뻣뻣해진 그녀의 혀를 달래듯이 표면을 어루만졌다.

"흐응……."

이리스의 달콤한 목소리가 코로 빠져나왔다. 빅터의 손이 그녀의 머리칼을 자상하게 쓸어 올렸다.

머리카락을 손끝으로 쓸어 넘길 때마다 알싸한 쾌감이 느껴졌다. 머리카락 한 올 한 올에 감각이 깃들어 있는 것 같았다.

내려놓았던 양손을 거침없이 들어 올려서 빅터의 팔에 걸쳤다. 단단하면서도 매끄러운 근육이 손바닥에 닿았다. 이 팔로 자신을 구해주었던 것이다, 몇 번이고.

"몇 번이고?"

무심코 한 생각에 이리스는 이상한 느낌이 들었다. 난 빅터를 잘 알고 있는 걸까?

"으응, 아……."

입술을 한 번 떼고 또 다시 입을 맞췄다. 침이 입술 가장

자리에서 흘러넘쳐 턱을 타고 내려왔다.

속박되어 있던 양 손가락이 저릿하게 땅겼다. 무릎 위에 올려져 있는 탓인지 공중에 떠 있는 느낌마저도 들었다.

'몸이 뜨거워……. 심장이, 심장이 아파……. 아아, 어째서 키스를…….'

역시 빅터는 나를─

이리스가 멍하니 꿈을 꾸는 듯한 황홀한 기분을 느낄 때였다.

똑똑하고 나지막한 노크 소리가 났다. 빅터는 이리스를 껴안은 채 들어오라고 말했다.

"아─ 네에, 죄송합니다."

문을 열고 들어온 것은 여관 주인이었다. 이리스는 빅터에게서 몸을 떼어내려고 했지만 빅터는 오히려 자신의 가슴 쪽으로 더욱 끌어당겼다. 단단한 가죽 갑옷과 같은 가슴에 이리스는 뺨을 갖다댔다.

"죄송합니다만 이쪽에 여행지를 기재해 주서야 해서."

"아아, 그랬나. 펜을 주게."

빅터는 이리스를 껴안은 채 숙박부에 펜으로 휘갈겼다.

"실례했습니다. 그럼 천천히 쉬십시오."

여관 주인은 굽실굽실 머리를 조아리며 뒷걸음질로 방을 나갔다. 빅터는 그대로 잠시 있다가 이윽고 침대에서 일어섰다.

"까악!"

넋을 잃고 무릎 위에 앉아 있던 이리스는 아무런 마음의 준비도 되어 있지 않았기 때문에 그대로 바닥에 엉덩방아를 찧었다.

"뭐, 뭐하는 거예요!"

"언제까지 이러고 있을 거야."

"뭐어? 뭐요?"

"문 너머로 누군가가 상황을 살피고 있었으니 부부 행세를 한 것뿐이야."

"뭐어어?!"

후우, 하고 요란스럽게 한숨을 내쉬고 빅터가 창을 열었다.

"여긴 이스칸리아의 국경 근처다. 고지스의 군대도 머무는 곳이지. 이런 상황에서 진짜 부부가 아니라고 해봐. 정체를 발각당해서는 안 되니까."

"그럼, 그러면, 좀 전에 했던 말은… 장미 같은 입술이라든지 아름답다든지……."

스커트를 문지르듯이 쥐고 있는 이리스에게 빅터는 냉담하게 말했다.

"뻔한 대사일 뿐이야."

"……!"

빅터는 창을 닫았다.

"너도 이 마을에 있는 동안에는 얌전하고 조신하게……."

"빅터는 바보야!"

돌아보는 빅터의 얼굴에 침대 위에 있던 솜 베개가 날아왔다.

"사람의 마음을 가지고 놀고! 무슨 생각이야!"

"말했을 텐데. 널 데리고 돌아가는 게 내 임무다. 마이셀 황자님의 명령이고."

"그렇게 마이셀 황자가 중요하면 황자와 결혼하면 되겠네!"

이리스는 일어나서 발을 통통 굴렀다.

"빅터는 정말 바보야! 진짜 싫어!"

이리스는 그렇게 외치며 문을 열고 밖으로 뛰쳐나갔다.

"이리스!"

빅터는 손을 뻗었지만 그보다 먼저 문이 먼저 닫혔다. 그는 한 번 더 한숨을 내쉬고 손끝을 입술에 가져다댔다.

'사람을 우습게 보고, 우습게 보고, 우습게 보고!'

여관을 뛰쳐나온 이리스는 씩씩거리며 시장을 걷고 있었다. 기온은 낮았지만 화가 난 탓인지 추위도 느껴지지 않을 정도였다.

'어차피 난 가짜 키스 하나만으로도 정신을 못 차리는

물정 모르는 아이일 뿐이야. 맞아, 하나무라에서도 마찬가지였어. 그런 키스 때문에 저 피도 눈물도 없는 인간을 믿어버리다니. 아아, 그래. 어차피 바보야. 바보인 건 나라고!'

주변에 있는 여러 가게에서 호객하는 소리가 들렸다. 그 왁자지껄한 거리를 이리스는 터덜터덜 걸었다.

'빅터가 나를 구해줬으니까, 그 지옥에서 꺼내줬으니까… 그래서 백마 탄 왕자님으로 보이는 것뿐이야……. 빅터에게 기대하면 안 돼. 이리스, 알고 있지? 그래, 알고 있어…….'

천막을 지탱하는 굵은 기둥에 손을 걸치고 이리스는 몸을 기댔다.

'빅터는 나한테 아무런 관심도 없어. 마이셀 황자의 명령 때문에 날 이스칸리아에 데리고 가는 것뿐, 그냥 임무인 거야…….'

화가 가라앉을수록 슬픔이 솟구쳤다. 슬퍼지기 싫어서 화를 내고 있었던 것일지도 몰랐다.

'빅터… 정말로 날 아무렇지도 않게 생각하는 거야? 정말 그냥 임무인 것뿐이야? 뜨거운 키스도… 친절한 선물도…….'

이리스는 스커트에 차고 있던 비수를 어루만졌다. 이 비수를 건넬 때의 빅터의 자상한 눈길은 진심처럼 보였는데.

"……빅터."

하아, 하고 긴 한숨을 내쉬며 호흡을 하자 먹음직스런 냄새가 콧속을 메웠다. 소시지의 냄새였다.

꼬르륵, 하고 배꼽시계가 울렸다. 그러고 보니 아침에 나무 열매를 먹은 게 전부였다. 계속 노숙을 해왔기 때문에 제대로 된 음식을 먹지 못했다.

"소시지……."

발을 휘청휘청 내딛기 시작하자, 빵에 소시지와 소스를 얹어서 굽고 있는 가게가 보였다. 매콤달콤한 소스가 슈욱 슈욱 하고 맛있는 냄새를 풍기고 있었다.

"아아……."

이리스는 철판에 굽고 있는 소시지를 뜨거운 시선으로 보았다.

"어이, 아가씨. 소시지가 먹고 싶은 겐가?"

"…먹, 먹고 싶어요."

"그럼 먹고 가시게나. 우리 집 정말 맛있어. 재료에 들어가는 돼지고기가 다르니까. 여기 보라고."

소시지 가게의 주인은 나뭇잎으로 싼 빵과 소시지를 건넸다. 받아 들자 소시지의 짙은 향이 이리스를 감쌌다.

"……흐읍."

이리스는 말없이 덥석 물었다. 유키야나기 마을에 있었을 때도 고기는 좀처럼 먹을 기회가 없었다. 일주일에 한 번, 양고기 소시지를 넣은 스튜를 모두 함께 먹는 것이 낙이었다.

"맛있어!"

"그렇지? 많이 있으니까 얼른얼른 먹게나."

"아, 참 친절하신 분이네요! 고맙습니다!"

이리스는 정신없이 소시지와 빵을 먹었다. 절묘하게 맛있는 소스 덕분에 몇 개든지 먹을 수 있었다.

"아, 맛있었어요! 이젠 배가 불러요."

"다 먹었소? 그럼 전부해서 오백육십 세이즈라오."

"네에?"

"어?"

웃음 짓던 이리스는 표정을 굳힌 채 가게 주인을 보았다.

"…주시는 게 아니었어요?"

"아아, 줬잖소. 그러니까 계산을 해야지."

"……."

이리스는 머뭇거리며 손을 모았다.

"돈이 없어요."

"―지금 내가 잘못 들은 겐가?"

"죄송합니다. 돈이 없어요. 난 완전히 그냥……."

"어이어이어이어이."

싱글벙글하던 가게 주인의 얼굴이 갑자기 험악해졌다.

"난 자선사업을 하는 게 아니라고. 돈이 없으면 돈이 될 만한 거라도 주든가."

"돈이 될 만한 물건이라면……."

이리스는 옷을 탁탁 쳤다. 스커트 허리춤에 비수가 있었지만…….

"이건 안 돼……. 없어요. 죄송해요. 하지만 숙소에 돌아가면……."

숙소에 돌아가서 빅터에게 돈을 내달라고 할까? 바보라고 말하며 뛰쳐나왔는데.

"아아아아……."

이리스는 머리를 감싸 쥐었다.

"이것도 빅터 때문이야!"

"뭐라 중얼거리고 있는 거야! 돈이 없으면 몸으로라도 갚아야지!"

"그, 그건……."

"돈도 없으면서 멍청하게 가게 음식을 처먹고! 네가 한 짓은 도둑질이나 마찬가지야. 너 도둑이냐?!"

이리스는 충격을 받았다. 지금까지 이렇게 매도하는 말을 들은 적이 없었기 때문이다.

"난 도둑이 아니야!"

"돈을 못 내면 도둑인 셈이지!"

"아니야, 아니야. 난, 난……."

수치심과 분노로 머리가 끓어올랐다.

"난 황녀야! 성에 돌아가면 돈이라면 얼마든지 낼 수 있다고!"

"웃기고 있네. 어떤 황녀가 음식을 먹고 도망치냐고!"

"도망치지 않아! 도둑도 아니야! 난 황녀 레티시아야, 황국에 돌아가면, 이스칼리아에 돌아가면……!"

"웃기지도 않는 말이나 늘어놓고 말이야. 이렇게 된 이상 널 인간 상인에게 팔 수밖에!"

이리스는 바짝 움츠러들었다.

"안 돼! 그것만은 안 돼!"

"시끄러워! 인간 상인, 어디 없는 겐가! 이 거짓말쟁이 계집애를 사 가게!"

"싫어!"

이리스는 도망치려고 했지만 주인의 팔에 붙잡혔다.

"놔줘! 싫어! 살려줘!"

이리스는 가게 주인의 팔에 매달린 채 물고기처럼 날뛰었다.

"—돈을 지불하겠네."

가게 주인에게 말을 건 이가 있었다.

"그 아가씨가 먹은 만큼 내가 지불하지. 그러니 너무 거칠게 대하지 말아줬으면 좋겠는데."

주인과 이리스가 동시에 돌아보았다. 그곳에는 타조 깃털 장식을 단 벨벳 모자에 금실로 엮은 조끼를 입은 젊은 남자가 서 있었다.

"에구머니나, 코자 왕자님."

주인이 이리스에게 떨어져서 허겁지겁 땅에 무릎을 꿇었다.

"왕자?"

이리스는 눈을 동그랗게 뜨고 청년을 바라보았다. 청년은 이리스에게 웃음 지으며 주인에게 말했다.

"얼만가?"

"오백육십 세이즈입니다."

"그럼 이걸로. 잔돈은 넣어두게."

코자 왕자라고 불린 청년은 일 릴(천 세이즈)을 주인에게 건넸다. 주인은 눈을 동그랗게 뜨고 그 은화를 받아 들었다.

"아가씨, 일어나십시오."

코자 왕자는 이리스에게 손을 내밀었다. 고급스러운 하얀 비단 장갑을 낀 손.

"제가 대접해도 될까요?"

"가, 감사합니다."

이리스는 그 손에 의지하여 일어났다.

"소시지를 그만큼 먹으면 목이 마르지 않나요? 맥주나 와인은 어떤가요?"

이리스는 땅에 흩어져 있는, 빵을 싸고 있던 잎을 서둘러

발밑으로 가렸다. 그도 그럴 것이 이 정도 양은 너무 많았다.

"그, 그건, 모르는 분에게… 왕자님께서 대신 돈을 내주신 것도 모자라 그렇게까지는……."

"당신의 아름다움에는 그만한 가치가 있습니다. 저도 목이 마르던 차였으니 보답의 뜻으로 함께해 주십시오."

왕자는 모자를 벗고 허리를 숙였다. 기다란 금발이 어깨에서 흘러내렸다. 도자기 인형처럼 아름다운 얼굴을 한 남자였다. 청명한 푸른 하늘 같은 눈동자와 쾌활하게 웃는 입매. 행동은 우아하고 기품이 있었다.

'어쩜— 이렇게 멋있을 수가 있을까.'

왕자가 내민 손에 이리스는 손을 얹고 황홀한 듯 그를 바라보았다. 그의 입에서 흘러나오는 찬미의 말에 이리스는 마음이 설레었다.

'그래, 이런 게 진짜 왕자님이지. 빅터 같은 건, 그런 사람은, 야만스러운 무사일 뿐이야.'

코자 왕자는 시장에서 조금 떨어진 광장에 이리스를 데리고 갔다. 그곳에는 먹고 마실 수 있도록 몇 개의 테이블이 놓여 있었고 햇빛을 가리는 천막이 쳐져 있었다.

"제 소개가 늦었군요. 전 코자 아란체 발모어입니다."

"전 이리스라고 해요. 지, 진짜 왕자님이신 거죠?"

발모어라고 하는 이름은 단 사 개월간 유키야나기 마을에서 지냈던 이리스도 알고 있었다. 자라를 다스리는 왕가의 성이다.

"왕자라고 해도 저는 서열 세 번째일 뿐입니다. 아무런 지위도 없습니다. 어느 나라의 왕녀를 신부로 맞이하여 왕족의 수를 늘리는 것밖에 도움이 될 게 없지요."

"그럴 리가 없어요. 적어도 절 구해주셨잖아요."

"하하하. 귀부인처럼 아름다운 사람을 인간 상인의 손에 넘어가게 할 수는 없지요."

코자 왕자는 가게 사람에게 와인을 주문했다.

"왕자님께선 어째서 이런 곳에 혼자 계신 건가요?"

"이 지방에는 귀족의 별장이 몇 군데 있습니다. 전 한 달 전쯤부터 먼 친척인 후작의 별장에서 지내고 있습니다. 견문을 넓히기 위해 마을에 내려와서 백성들의 삶을 체험하자는 명목에서 말입니다."

"그랬던 거군요……."

눈앞에 와인 잔이 놓였다. 이 지방의 물건인 듯 도자기에 활기찬 문양이 들어가 있었다. 그 잔에 와인이 찰랑찰랑 채워졌다.

"그럼, 만남을 축하하며 유리카(건배)!"

"유리카!"

자라 국의 축배의 말을 주고받으며 둘은 와인을 마셨다.

코자 왕자는 여러 가지 주제로 이야기를 하며 이리스의 긴장을 풀어주었다.

'멋진 분이야, 상냥한데다 영리하기까지 하고……. 나의 오라버니라는 마이셀이란 분도 이런 황자님일까.'

"그런데 이리스."

"네. 무슨 일인가요?"

신나서 대답하던 이리스는 왕자의 다음 말에 굳어졌다.

"조금 전에 언뜻 들었는데… 당신이 이스칸리아의 레티시아 공주라고 하던데."

"네에?"

코자는 깍지를 낀 양손에 고개를 올렸다.

"성에 돌아가면 돈은 얼마든지 낼 수 있다고 하셨지요."

"그, 그, 그건…….''

이리스는 새파래졌다. 자신의 정체는 이스칸리아에 돌아가기 전까지 묻어두어야 한다고 빅터에게 신신당부를 받았기 때문이다.

"왜 그러시나요?"

"저, 저기…….''

진실을 밝혀도 되는 걸까? 자라 국은 이스칸리아와 적대관계는 아니지만 상대는 왕자다. 국교에 어떤 영향을 끼칠지 알 수 없다.

"평민이 한 나라의 공주라고 사칭하는 건 농담이라도 죄가 되겠지요?"

"그러니까 사칭이 아니라… 전 정말로 공주… 라고… 들었기 때문에……."

말끝이 흐려졌다. 코자가 몸을 앞으로 내밀었다.

"무슨 일인가요? 말씀해 주세요. 저는 당신의 편입니다. 곤란한 일이 있으면 힘이 되어드리겠습니다."

이렇게 자상한 왕자라면 나쁜 짓은 하지 않을 것이다. 무엇보다 우선 공주라는 말을 듣고 온전히 믿지 못하고 있는 건 자신이었다.

"사실은… 저는 예전 기억이 없어서……."

이리스는 유키야나기 마을에서 노부부가 생명을 구해준 일, 하나무라 마을에서 빅터에게 구출된 일을 이야기했다. 코자는 진지한 얼굴로 듣고 있더니 마지막에는 난감한 표정을 지으며 팔짱을 꼈다.

"저기, 코자 왕자님……?"

"……당신은 지금 속고 있을지도 모릅니다."

"네에?"

"제가 알고 있는 한, 이스칸리아의 레티시아 공주는 얼마 전에 있었던 전쟁에서 부상을 입고 성에서 요양하고 있다고 들었습니다. 최근 오 개월간 사람들 앞에 모습을 드러내지 않았다고 하네요."

"그건 행방불명이라는 사실이 알려지지 않도록 마이셀

황자님께서……."

"네, 행방불명일지도 모릅니다. 그래서 빅터라는 사내가 당신을 레티시아 공주라고 꾸며서 궁전에 데려가는 걸지도."

"꾸며서……?"

"전 공주님의 얼굴은 모르지만, 당신은 우연히 공주와 닮은 건지도 모릅니다."

"제가 공주가 아니라는 말씀이신가요?"

"때마침 기억을 잃기도 했으니 그렇게 주입하고 있는 걸지도 모르지요."

"그럴 리가— 어째서 그런 짓을……."

"빅터라는 사내가 당신을 꼭두각시 인형으로 삼아서 이스칸리아 황국을 손에 넣기 위해서겠지요."

"설마요!"

분명히 공주라는 자각은 없다. 레티시아도 마이셀도 타인의 이름처럼 마음에 확 와 닿지 않는다. 빅터가 하는 말을 곧이곧대로 받아들여서 이곳까지 오게 되었지만, 그가 진실을 말하고 있는지는 아무래도 알 수 없었다.

이리스는 격렬하게 동요했다. 빅터는 자신에게 거짓말을 하고 있는 것일까? 자신은 평민이며 그에게 이용당하고 있는 것뿐일까?

"저, 저는……."

이리스는 머리를 감싸 쥐었다. 머릿속이 새하얘져서 아무것도 생각할 수 없었다.

"이리스, 안심하세요. 조금 전에도 말했지만 전 당신의 편입니다. 이스칸리아의 레티시아 공주에 대해 조사해 보도록 하죠. 그동안 당신을 제가 머무는 곳에서 보호하도록 하겠습니다."

"네에—?"

제5장
탈출

이리스는 마차를 타고 발렌시아 외곽에 있는 후작의 저택에 이끌려 왔다. 별장이었기 때문에 규모가 그리 크지 않았고 무장병도 많지 않았다. 아담한 저택이었다.

"자아, 당신의 집이라고 생각하고 마음 놓고 지내도록 하십시오."

"이, 이런 저택에서 마음이 편할 리가 없어요."

"하하. 당신이 진짜 레티시아 공주라면 이런 저택은 마구간 같은 곳일 겁니다."

코자는 이리스를 이 층 방으로 안내했다.

"드레스도 준비하도록 하겠습니다. 설령 당신이 가짜라

고 해도 이 저택에 있는 동안에는 제 손님입니다. 그런 초라한 옷은 벗고 아름답게 치장하십시오."

"네에…… 알겠습니다."

이리스는 자신의 옷을 내려다보았다. 소맷부리가 헤어진 블라우스나 천 조각을 기워서 만든 스커트, 여지없이 초라한 옷이었다. 하지만 이 옷은 이리스와 마찬가지로 비참한 운명에 내던져졌던 소녀들의, 동료들의 소중한 옷이었다.

"발렌시아에 와서 다행이군요. 나라의 이곳저곳을 둘러보았지만 백성들의 불만만 들어서 진절머리가 나려던 참이었습니다. 그런데 이런 흥미로운 이야기를 내버려 둘 수 있겠습니까?"

이리스는 코자의 말에 고개를 들었다.

"나라의 이곳저곳을?"

"그렇습니다."

"그, 그렇다면 하나무라에도 가보셨나요?"

"당신이 구출된 곳 말입니까? 물론 갔었지요."

"저, 저기… 코자 왕자님의 힘으로 그 마을을 어떻게 할 수 없나요?"

이리스는 자신이 생각했던 것 이상으로 흥분하며 코자에게 재촉했다.

"어떻게, 라는 건?"

"그 마을이 있으니까… 가난하고 약한 여성들이 인간 상인에게 팔려가거나 납치당하는 거예요. 그 마을에서 여성들이 얼마나 심한 짓을 당하고 있는지… 여성에게 있어서 얼마나 불결한 데다 비도덕적이고 슬픈 마을인지, 가보셨으면 아실 거라고 생각해요."

양손을 부여잡고 애원했다. 경매에서 사람으로서의 자존감을 빼앗겼던 기억이 온몸을 떨게 했다. 시장에서 딸아이의 행방을 부르짖던 어머니, 그녀의 딸은 아직 그 마을에 있을 터였다.

"그 말은 그 마을을 없애달라는 뜻인가요?"

"네. 네!"

이리스는 힘을 실어 말했다. 자상한 코자 왕자라면 그 마을을 해방시켜 줄지도 모른다는 생각에서였다. 하지만.

"그건 안 되겠네요."

"네에……?"

코자는 변함없이 상냥한 얼굴로 말했다.

"그 마을에서 걷는 세금은 나라의 중요한 수입원입니다. 자라의 백성뿐 아니라 다른 나라에서도 손님이 옵니다. 게다가 그 마을은 가난하고 약한 여성들이 유일하게 돈벌이를 할 수 있는 마을이지 않나요? 그 여성들이 바라서 그렇게 된 것은 아닐지도 모릅니다. 하지만 지식도 힘도 없는 약한 여성이 달리 무얼 어떻게 해서 돈을 벌겠습니까? 그 마을은 반대로 말하면 그런 여성들을 구원하는 곳이라고도 할 수 있지요."

왕자가 하는 말의 의미를 이리스는 이해할 수 없었다. 하지만 이를 악물게 하는 기분에 말이 격해졌다.

"하, 하지만 여자들 또한 다른 방법으로 돈을 벌 수 있을 거예요. 가게를 열거나 기술을 익히거나… 배우면 돼요. 자신이 하고 싶은 일을, 스스로 돈을 벌 수 있는 방법을."

"배운다니요?"

코자는 영문을 알 수 없는 말을 들었다는 듯한 표정을 지었다.

"여자가 무언가를 배우는 건 불가능합니다. 여자는 머리가 나쁘고 스스로 생각하는 것 따윈 할 수 없는 생물이지요. 아름답게 꾸며서 돈이 많은 남자를 유혹한 다음 그 남자를 기쁘게 하는 것이 여자입니다. 이러한 기술이 뛰어난 여자가 강하다고 할 수 있겠죠."

코자는 우아한 손짓으로 이리스의 손을 잡은 후 손등에 입을 맞추었다.

"이리스, 당신은 아름다워요. 어떤 남성도 당신의 포로가 되겠지요. 배울 필요가 없습니다. 당신은 아름다운 드레스를 입고 화장을 하고 맛있는 과자를 먹고 와인을 마시며… 그리고 이따금 나를 즐겁게 해주십시오."

어안이 벙벙했다. 이 왕자는 무슨 말을 하고 있는 걸까.

여자는 머리가 나쁘고 스스로 생각할 수 없다?

어떻게 그런 말을 눈앞에 있는 여자에게 할 수 있지? 그 말을 들은 여자가 어떤 생각을 할지는 상상할 수 없는 걸까?

코자는 방에서 나갔다. 남겨진 이리스는 방에 놓인 소파에 비틀거리며 걸터앉았다.

상냥한 코자 왕자. 그 상냥함은 상대를 대등한 인간으로 생각하고 있지 않아서였다. 여자는 남자를 기쁘게 하기 위한 생물, 그뿐이라는 생각이었던 것이다.

"……돌아가야겠어."

빅터의 곁으로 돌아가야겠다는 생각이 들었다. 분명 걱정하고 있을 것이다.

이리스는 소파에서 일어나 문을 향해 달려들었다. 하지만 자물쇠가 잠긴 것인지 딸깍딸깍 하는 소리만 날 뿐 열리지 않았다. 이리스는 이번엔 창문으로 뛰어갔다.

창문은 열렸지만 그녀가 있는 방은 이 층이었고 베란다도 없었다. 지면에서 꽤 높은 데다 발 디딜 곳도 없었기 때문에 내려갈 수 없을 것 같았다.

'어떻게 하지…….'

초조해하며 방 안을 이리저리 서성였다. 코자가 드레스를 주겠다고 했다. 분명 누군가가, 아마도 하인이 가지고 올 것이다. 그 사람에게 부탁해서 도망치게 해달라고 하면 어떨까? 아니면 그 사람을 쓰러뜨린다면? 아니다, 그렇게 위험한 짓은 할 수 없다…….

"맞아!"

이리스는 짝 하고 손뼉을 치고 서둘러 옷을 벗기 시작했다.

'다들 미안해요.'

이리스는 벗은 옷에 입을 맞추고 창문을 똑바로 바라보았다.

문이 열리고 저택의 남자 하인이 들어왔다. 손에는 드레스를 들고 있었다.

"이리스님?"

하인은 방 안을 둘러보았다. 이리스의 모습은 없고 창문이 열린 채 커튼이 펄럭이고 있었다. 하인은 창문으로 달려가 아래를 내려다보았다.

"앗!"

아래 정원의 수풀에 이리스의 스커트가 보였다.

"서, 설마! 창문에서 뛰어내린 건가?"

하인은 새파랗게 질린 채 방에서 뛰어나갔다. 방문을 잠그지 않고 열어둔 채로.

"……."

이리스는 침대 밑에서 기어 나왔다. 블라우스와 스커트를 벗어서 화병에 끼운 후 창문에서 던져 버린 것이었다.

예상했던 대로 일이 진행되었다. 속옷 차림이지만 그대로 있을 수 없었다.

"······이래도 여자가 바보라는 건가. 코자 왕자."

복도로 나가서 달렸다. 정문 현관으로는 나갈 수 없었다. 부엌으로 내려가 뒷문으로 나가야 했다.

계단까지 왔을 때 건너편에서 발소리가 들렸다. 서둘러 바로 근처에 있는 문을 열고 그 안으로 들어갔다. 이곳은 아무래도 서재인 것 같았다. 이 방에는 베란다가 있었다.

이리스는 베란다로 나갔다. 이쪽은 건물 뒤편인 듯했다. 베란다가 가장자리까지 연결되어 있었고, 모퉁이에는 담쟁이덩굴이 벽 한쪽 면에 자라고 있었다. 이걸 타고 내려갈 수 있지 않을까?

베란다 위에 쪼그려 앉아서 손과 무릎을 사용하여 가장자리까지 기어가기로 했다.

잠시 이동하자 커다란 창문이 나왔다. 안을 살며시 들여다보려다 고개를 퍼뜩 움츠렸다. 실내에 코자 왕자가 있었기 때문이다. 왕자는 다른 누군가와 함께였다. 귀를 기울이자 말소리가 들렸다.

"······그럼 코자님은 그 계집애가 진짜라고 생각하시는군요."

"뭐어, 가짜라고 해도 별 문제는 되지 않을걸세. 진짜라고 끝까지 밀어붙여서 황궁에 데리고 가는 거지. 레티시아 공주가 오 개월간 공식 석상에 전혀 얼굴을 내밀고 있지 않다는 것도, 전혀 아무런 소문이 없다는 것도 이상한 일이지. 행방불명이든 중태이든 대신할 사람이 있다는 건 좋은 거잖아. 상대는 먹이를 물걸세. 이스칸리아의 중추에 잠입할 수 있는 기회지."

'이럴 수가.'

이리스는 분노에 몸이 떨렸다. 그것은 코자가 조금 전에 빅터의 계략이라고 하며 말했던 이야기였다. 자신이 그 방법을 사용하겠다는 뜻이었던 건가.

빅터가 이리스의 신병을 비밀로 부쳐야 한다고 했던 것은 이런 일 때문이었던 것일까. '레티시아' 라는 것은, 그 자체로 정치적 도구인 셈이었다.

'미안하지만 꼭 도망쳐야겠어.'

베란다를 거의 기어가다시피 하여 코자가 있는 방을 통과했다. 한 번이라도 창문이 열렸다가는 실패였지만 다행히도 그런 일은 하인에게 맡긴 것인지 그는 창문에 관심을 주지 않았다.

이윽고 베란다 끝에 도착한 레티시아는 빼곡하게 자라난 담쟁이덩굴을 바라보았다. 머지않아 겨울임에도 불구하고 이곳은 양지여서인지 덩굴에 파릇파릇한 잎이 아직 많이 남아 있었다.

이리스는 덩굴에 손을 걸치고 끌어당겼다. 튼튼했다. 덩굴 한 줄기 한 줄기는 약하지만 다발이 되면 사람 한 명 정도는 지탱할 수 있다……. 언젠가 누군가에게 들었던 기억이 있다. 그게 누구였을까.

이리스는 베란다 울타리 너머로 벽을 감고 있는 덩굴에 매달렸다. 다리를 베란다에서 떼자 몸이 흔들렸지만, 가로세로로 뻗은 담쟁이덩굴에 다리를 걸치자 몸을 단단히 지탱해 주었다.

이리스는 눈을 감고 팔다리를 덩굴에 휘감으며 조심스레 내려가기 시작했다.

'아직일까……? 아직 바닥에 닿지 않은 건가?'

겨울바람이 속옷 차림의 몸을 얼어붙게 했다. 손바닥 모양으로 찢어진 잎사귀의 끝이 이리스의 볼이나 손을 따끔따끔하게 찔렀지만 그런 건 아무래도 상관없었다.

다리 아래로 불길한 소리가 바스락바스락 들려왔기 때문이다. 아래로 내려갈수록 잎이 바스러지기 쉬운 단풍이 되어가고 있었다.

"앗!"

얼마 지나지 않아 다리 아래의 덩굴이 끊어졌고 균형을 잃은 이리스는 그대로 미끄러지듯 낙하했다.

"꺄악—"

남아 있던 이성으로 소리를 틀어막았다. 땅에 충돌할 것이라고 생각한 이리스였지만 두 팔이 그녀를 받아주었다.

"어어?!"

눈을 뜨자 인상을 찌푸리고 있는 빅터의 얼굴이 보였다.

"빅터!"

"너 뭐하는 거야."

빅터는 화가 나고 어이가 없다는 듯한 표정을 짓고 있었다.

"당신이 어째서 여기에?!"

"당연히 널 구하러 왔지. 정말이지… 모르는 남자를 쉽게 따라가질 않나, 무슨 생각을 하는 거야?"

"따라가다니… 어떻게 알았어요?"

"이야기는 나중에 하고 우선 도망치자."

빅터는 이리스를 땅에 내려주었다.

"다친 덴 없어?"

"네에, 손이 좀 쓸렸을 뿐이에요."

"그럼 됐어……. 그런데 이런 차림으로는 시선을 둘 곳이 없어서 곤란한데."

그제야 이리스는 자신이 속옷 차림이라는 사실을 떠올리고 서둘러 가슴을 가렸다.

"보지 마요!"

빅터는 자신의 망토를 벗어서 이리스를 감쌌다. 얼음처럼 차가운 살결에 빅터의 망토가 따스하게 느껴졌다.

"저택에 병사가 적지만 아예 없지는 않을 거야. 조심

하자.”

“네에, 네!”

저택의 남쪽에는 정원이 펼쳐져 있었다. 꽃의 계절이 찾아오면 다양한 꽃이 알록달록 피어날 테지만, 지금은 가을 장미가 몇 송이 남아 있을 뿐이었다.

“정원 담장은 그리 높지 않아. 넘어가자.”

“당신도 그렇게 들어온 거예요?”

“초대받은 손님이 아니니까.”

얼마 안 가 담장에 도착하자, 뒤에서 목소리가 들렸다. 코자 왕자의 부하였다.

“여기 있다!”

“도망치지 못하게 해!”

마른 수풀밖에 없는 정원에서는 숨을 곳이 마땅치 않았다. 빅터는 검을 뽑았다.

“넌 담까지 달려가!”

“빅터는?”

“난 막을 테니까.”

말하는 사이에 병사가 덤벼들었다. 빅터는 자세를 낮추어 검을 피하고 병사의 다리를 베었다.

저택에서 병사들이 웅성거리며 나왔다. 이리스는 망토를 꼭 붙잡고 담을 향해 달렸다.

“……전혀 안 낮잖아!”

이리스는 담을 앞에 두고 이러지도 저러지도 못하고 있었다. 담장은 이리스가 손을 뻗어도 닿지 않았다. 발 디딜 곳을 찾기 위해 벽 앞에서 우왕좌왕하고 있던 중에 옆으로 빠져나온 병사가 다가왔다.

"빅터!"

이리스가 비명을 지르기 전에 이미 빅터가 그 병사의 앞을 가로막아 섰다.

병사가 내려친 검을 빅터의 검이 막았다. 챙, 하고 불쾌한 소리가 이리스의 귀를 때렸다.

두세 번 검을 주고받다 빅터가 적의 어깨를 베었다. 병사는 비명을 지르며 쓰러졌다.

"뭐하는 거야. 얼른 올라가."

"올라가라니, 어떻게요?"

"거기 튀어나온 곳이 있잖아. 다리를 걸치고 몸을 들어올려."

"말처럼 그렇게 간단하지가 않아요!"

이리스는 벽 일부에 새겨진 장식에 다리를 걸쳤다.

"몸을 들어 올려."

말하기가 무섭게 빅터가 이리스의 엉덩이를 한 손으로 휘익 밀어 올렸다.

"꺄아아악!"

이리스는 비명을 질렀지만 그 기세 덕에 몸이 담장 위로 올라갔다.

"뭐하는 거예요!"

"비명 지를 시간 있으면 얼른 내려가!"

이리스가 담장에 매달려서 겨우 땅에 내려서자 곧바로 빅터가 위에서 뛰어내렸다.

"가자!"

돌아보자 병사들이 벽을 기어오르고 있었다.

"따라잡히겠어요!"

"말을 훔쳐놨어."

빅터는 대수롭지 않은 듯 말하며 나무에 묶어둔 말 위에 이리스를 밀어 올렸다. 그러고 나서 자신도 그 뒤에 올라탔다.

"붙잡아."

이리스는 숨을 헐떡였다.

"당, 당신이란 사람은……."

"왜?"

"마법사 같아요."

"마법사는 이렇게 고생하지 않아. 이랴!"

빅터가 등자로 말의 배를 차자, 말이 울음소리를 내며 달리기 시작했다.

이리스의 등에 빅터의 가슴이 닿았다. 뒤에서 팔을 둘러서 고삐를 잡고 있었기 때문에 마치 껴안고 있는 것 같았다.

말은 단숨에 코자 왕자의 병사들을 따돌렸다.

"정말이지, 사람을 곤란하게 하는 공주님이네."

머리 위로 들리는 빅터의 어이없다는 듯한 말투에 이리스는 고개를 움츠렸다.

"미안해요. 그, 근데 내가 거기에 있는 건 어떻게 알았어요?"

"넌 네 자신이 얼마나 눈에 띄는지 생각해 본 적 있어?"

"으음……."

"은발의 아가씨에 대해 시장에서 물으니 다들 가르쳐 주던걸. 소시지를 무식하게 먹고 돈이 없어서 그대로 저 왕자를 따라갔다고."

이리스는 얼굴을 붉히며 몸을 움츠렸다.

"화, 확실히 소시지를 많이 먹기는 했지만… 그렇게 무식하게 많이 먹지는……."

"거리 사람들에게 사흘 정도 웃음거리가 될 화제를 제공했더군."

말은 흙먼지를 일으키며 마을을 향해 달렸다. 뒤에서 말고삐를 잡은 빅터의 가슴팍에서 이리스는 앞을 보며 그를 불렀다.

"…빅터."

"왜?"

"난 정말로 레티시아 공주예요? 코자 왕자는 내가 속고 있다고 했어요. 나를 공주로 꾸미려는 거라고."

"그게 뭐야. 그런 짓을 해서 내가 뭘 얻는다고!"

빅터는 불쾌한 기색을 숨기지 않고 소리쳤다.

"그건— 당신이 황궁에서 힘을 얻기 위해라고……."

"난 이미 천인대장의 지위를 가지고 있잖아. 게다가 다른 사람은 그렇다 치더라도 마이셀 황자의 눈을 속이는 건 불가능해."

"그래요?"

"무엇보다 내가 가짜 공주를 받아들일 수 없어."

이리스는 휙 하고 돌아보았다. 빅터의 말이 그만큼 강렬했기 때문이었다.

"빅터— 당신은……."

마을에 들어서기 전에 말에서 내려 둘은 두 발로 달려서 돌아갔다. 여관에 도착할 무렵이 되자 이리스는 땀으로 흠뻑 젖어 있었다.

"곧장 여관을 떠날 거야. 코자 왕자가 닥칠지도 모르니."

"자, 잠시만, 잠깐만 기다려 줘요."

이리스는 하아하아 거칠게 숨을 내쉬며 침대에 몸을 던졌다.

"숨이, 가슴이 답답해서……."

빅터는 일단 밖으로 나갔지만 금방 안으로 돌아왔다.

"이리스."

빅터가 침대에 걸터앉아 이리스의 몸을 일으켜 세웠다. 손에는 물이 담긴 컵이 들려 있었다.

"물이야. 마실래?"

"고, 고마워요."

이리스는 빅터의 가슴에 몸을 맡기고 컵에 담긴 물을 조금씩 마셨다. 컵을 든 빅터의 손에 자신의 손이 포개어졌다. 조금씩 컵을 기울여 주는 빅터의 행동에 자상함을 느꼈다.

"이제 좀 진정이 됐어?"

"네."

자세를 펴자 걸치고 있던 망토가 벗겨져서 속옷 차림이 되고 말았다. 이리스는 서둘러 망토를 끌어 모았다.

"망토 돌려줘, 또 옷을 잃어버린 건가?"

"미, 미안해요."

"코자가 벗긴 거야?"

"아, 아니에요!"

이리스는 깜짝 놀라며 말했다.

"내가 벗은 거예요. 도망치려고."

이리스의 설명을 듣고 빅터의 표정이 조금씩 누그러들었다.

"역시 그랬군. 영리해."

칭찬을 받자 기뻤다. 빅터는 분명히 여자가 배우는 것을 무시하지 않으리라는 생각이 들었다.

"널 찾던 김에 새 옷도 사뒀는데, 이렇게 빨리 도움이 될 줄이야."

빅터는 그렇게 말하며 짐 속에서 새 스커트와 블라우스를 꺼내어 건넸다. 이리스는 깜짝 놀랐다.

"빅터는 정말 마법사가 아니에요?"

"마법사라면 우선 네 기억을 돌려놓았을 거야."

빅터가 웃었다. 그 웃는 얼굴에 가슴이 두근거렸다. 그리웠던 것이다. 먼 곳에서 고향에 돌아온 것처럼.

"저, 저기, 빅터."

마음속으로 답답하게 여기던 말을 물으려고 했지만 갑자기 빅터가 심각한 표정을 지으며 창가로 다가갔다. 창을 살며시 열고 거리를 내려다보고 있었다.

"무슨 일이에요?"

"생각했던 것보다 빨라. 코자의 부하들이 여관을 뒤지고 있어."

이리스도 창으로 다가가 내려다보자, 때마침 건너편 여관에 병사 세 명이 들어가는 참이었다. 빅터가 창문을 닫았다.

"도망치기는 어렵겠는걸. 속일 수밖에 없겠어."

"어, 어떻게요?"

"기다려."

빅터가 다시 한 번 더 방을 나갔다.

이리스는 빅터에게 받은 옷을 펼쳐보았다. 헌옷이었지만 너저분하지 않았다. 청순한 느낌의 블라우스와 스커트. 아마도 며칠째 똑같은 옷을 입고 있는 자신을 배려해 준 거겠지.

말투가 험하고 무뚝뚝하고 이리스에게 화만 내지만, 자상한 사람이었다. 나를 반드시 구해주는 마법사.

이리스는 옷을 끌어안았다.

안 되겠어, 나 역시 빅터가 좋아.

옷을 갈아입고 기다리고 있으니 빅터가 돌아왔다. 손에 들고 있던 것을 이리스에게 던졌다.

"꺄아!"

깜짝 놀랐다. 살아 있는 여자의 목이라고 생각했지만 검은 머리칼의 가발이었다. 손으로 만져보자 사람의 머리털로 만든 것이 아닌 싸구려인 듯했다.

"여관 안주인에게 빌려왔어. 녀석들이 찾고 있는 건 아마도 은발의 여자일 거야. 넌 우선 그걸 쓰도록 해."

"하, 하지만 유심히 보면 금방 들킬 거예요."

"유심히 보지 못하게 하면 되잖아."

빅터는 말하며 옷을 벗었다.

"뭐, 뭐하는 거예요?"

"옷 갈아입은 게 아깝겠지만 너도 벗어줘."

"어, 어떻게 할 거예요?"

"미안하지만 네가 화내면서 나갔던 일을 한 번 더 해야 할 것 같아. 이번에는 조금 과격할지도 모르지만."

"네에???"

발가벗은 채 몸을 웅크리고 있는 이리스의 곁에 빅터도 옷을 벗고 들어왔다. 시트를 어깨까지 걸치고 이리스의 뺨에 손을 댔다. 깜짝 놀란 이리스의 몸이 굳어졌다.

"안심해. 만지기만 할 거야."

"만, 만지기만 한다면."

"녀석들이 방에 들어오지 못하도록 느끼는 척만 하면 돼."

"─불가능해요."

이리스는 강하게 말했다.

"아까 전의 여관 주인과 다르게 그 사람들은 우릴 찾고 있는 병사잖아요. 그런 사람들에게 흉내만 낸다고 한들 속일 수 있을 리가 없어요. 우선 흉내를 낸다고 해도… 나, 난 경험이 없어요. 어떻게 해야 할지 모르겠어요."

이리스는 빅터의 어깨에 손을 얹었다.

"나 코자에게 잡히고 싶지 않아요. 그러니까 흉내가 아니라 제대로 해줘요."

"어……?"

빅터가 당황한 표정을 지었다. 이리스가 처음으로 보는 얼굴이었다. 어……? 이런 상황인데도 이리스는 조금 웃기다는 생각이 들었다.

"그런 짓은—"

"할 수 있잖아요. 아까 전에도 키스로 날 착각하게 했으니까요."

"키스는 키스야. 이런 것과는 달라."

"사람을 다 벗겨놓고. 겁먹지 마요."

이리스는 하늘색 눈동자로 빅터를 똑바로 바라보았다. 망설이는 것 같았지만 이윽고 빅터는 결심한 듯 말했다. 빅터는 이리스의 눈동자를 다시 바라보았다.

"도중에 싫다고 하면 안 돼."

"안 할 거예요."

"—알겠어."

빅터는 한숨을 한 번 내쉬고 이리스에게 입을 맞췄다.

심장이 두근거리며 터져 버릴 것 같았다.

이리스는 눈을 단단히 감고 소리를 내지 않도록 입술을 앙다물고 있었다. 빅터의 입술이 목에서 가슴으로 내려가고 있었다.

빅터가 몸을 만질 때마다 자신의 몸이 의식되었다. 보드라운 가슴, 단단한 젖꼭지, 가볍게 내려놓은 가느다란 팔, 뜨겁게 흐르는 피…….

빅터의 커다란 손이 금방이라도 바스러질 것 같은 무언가를 대하듯 가슴의 꽃망울을 덮었다. 그 손끝에 단단하게 솟아오른 부분이 닿자 이리스는 몸을 꼬았다.

"으응……."

자신도 모르게 흘러나온 달콤한 소리에 스스로도 놀랐다.

"안, 안 돼……."

부끄러워서 얼굴을 가리려고 하자, 빅터가 자상하게 손을 거두었다.

"소리를 숨기려고 하지 마. 느끼는 대로 소리를 내. 녀석들이 방에 들어오지 못하도록."

"알, 알겠어요……. 하아……."

빅터가 이리스의 손바닥에 키스를 하고 손가락을 입에 물었다. 혀로 손끝을 어루만지는 것만으로도 몸이 떨렸다.

가슴에서 배로 빅터의 손이 움직였다. 그 끝에는 이리스도 모르는 비밀이 있었다. 자신도 건드려 본 적이 없는 장소.

"아……."

빅터가 손가락으로 만졌다. 빅터의 손가락은 차가웠다.

나의 그곳이 뜨거우니까……?

빅터가 만진 곳이 젖어가는 것을 느꼈다. 미끌미끌했다. 어째서?

"앗, 아앗……!"

짜릿짜릿한 흥분이 온몸을 달렸다. 빅터가 은밀한 그곳을 강하게 문질렀기 때문이다.

"시, 싫어……. 빅터… 그런 덴……."

흥분이 발끝에서 머리까지 전신을 휘감았다. 몸속이 불을 지른 듯 뜨거워졌으며 용솟음치듯 떨렸다.

"앗, 거긴 안 돼에……. 거, 거긴 하지 마요……."

"처음인데도 많이 젖었네, 이리스……."

빅터는 그곳에 대고 속삭였다. 작은 진동이 이리스를 느끼게 했다.

"이리스, 지금부터는 '싫어'와 '안 돼'라는 말은 하지 않기로 하지. 그 대신 '좀 더' 또는 '좋아', 그 두 말만 하도록 해."

"네에……."

빅터는 이리스의 몸에서 뿜어져 나온 것을 손가락으로 걷어내고, 꽃잎처럼 포개어진 보드라운 육체 속에 손가락을 집어넣었다.

"아… 싫… 좋아… 좀… 더……!"

이리스는 배운 대로 외쳤다.

"좀 더… 빅터, 좀 더……."

이리스가 빅터의 머리를 양손으로 힘껏 껴안는 동시에 방문이 커다란 소리를 내며 열렸다.

"하아, 좋아… 좀 더어……!"

이리스의 교성이 방 안에 울려 퍼졌다. 쳐들어온 병사들은 깜짝 놀랐지만 이윽고 히죽거렸다.

빅터는 남자들을 힐끔 보고, 이리스를 괴롭히던 손가락을 더욱 집어넣었다.

"아아아!"

이리스는 눈을 꼭 감고 방에 들어온 침입자를 무시했다. 병사들은 어깨를 들썩이더니 히죽대는 웃음을 멈추지 않은 채 방에서 나갔다.

"……."

쿵쿵대며 계단을 내려가는 발소리를 듣고 빅터는 이리스에게서 손가락을 얼른 뺐다.

"……아."

빅터가 몸을 떼려고 했지만 이리스가 어깨를 잡으며 막았다.

"…멈추지 마요."

"뭐?"

오늘 두 번째 보는 빅터의 놀란 얼굴이었다.

"마지막까지 해줬으면 좋겠어요."

"무슨 소릴 하는 거야?"

"처음부터 그럴 생각이었어요. 당신한테…… 사랑받고 싶다고."

"그런 짓을 할 리가 없잖아."

빅터는 시트를 밀어제쳤다.

"넌 이스칸리아의 공주이고, 난 네 오라버니를 섬기는 병사이자 가신이야. 그런 엄청난 짓을 저지르면 목이 날아갈 거야."

"내 바람이라면 괜찮잖아요? 난 빅터를 가지고 싶어요. 당신은— 내가 싫어요?"

"그런 문제가 아니야."

"그런 문제예요, 그뿐이에요. 난 당신이 좋아요, 빅터를 좋아해요. 그리고."

이리스는 도박을 하기로 했다. 조금 전의 빅터의 말에서 느꼈던 대로.

"……당신도 날 좋아하잖아요, 그렇죠? 내가 레티시아였을 때부터 당신은 날 좋아했어요. 맞죠?"

"……"

만약 빅터가 자신을 좋아한 게 아니라면 어떻게 해야 할까. 정말 단지 임무라서 자신을 찾아서 데리고 돌아가는 것이 목적이라면…….

혹시 그렇다면 어떻게 해야 할지 이리스는 알 수 없었다. 울거나 화를 낼지도 몰랐다. 아니면 오히려 웃어버릴지도 몰랐다.

"빅터… 말해줘요. 당신은 날 좋……?"

마지막까지 말하지 못했다. 빅터가 이리스를 꼭 껴안았기 때문이다.

"이리스… 레티시아, 이 바보. 왜 이러는 거야. 계속 참고 있었는데."

"빅터……."

"네가 싫으냐고? 난 그런 거짓말은 할 수 없어. 다른 말이라면 뭐든 하겠어. 하지만 그 거짓말만은."

"빅터……."

빅터는 이리스의 목덜미에 뜨거운 숨결을 뱉으며 속삭였다.

"전부터 좋아했냐고? 응, 그랬지. 처음 만난 순간부터……."

"빅터, 빅터, 괴로워요……."

이리스는 빅터의 가슴 안에서 발버둥 쳤다. 이윽고 빅터는 팔에 힘을 풀고 뺨을 물들이고 있는 이리스를 바라보았다.

"이젠 멈추지 않을 거야. 진짜 괜찮아?"

"괜찮아요. 아니면 공주처럼 명령하는 게 좋아요?"

"하하하."

빅터가 웃음을 터뜨렸다.

"기억은 없어도 넌 확실히 레티시아야. 그렇게 터무니없는 말을 하거나 모두를 놀라게 하곤 했지."

"난 그런 공주였어요……?"

"그리고 난 그런 네가 좋았어. 하지만 어차피 이민족이고 가신이야. 그래서 손에 닿지 않을 존재라고 포기하고 있었지."

빅터는 이리스의 머리에 손을 대고 검은 가발을 벗겼다.

"아, 역시 이쪽이 좋군. 어쩜 이렇게 아름다울 수가 있을까."

웨이브가 느슨한 은발을 손에 쥐고 입을 맞추었다.

"은색 갑옷으로 몸을 감싼 채 이 머리칼을 휘날리던 넌, 눈의 요정 같았어."

"빅터……."

입을 맞추자 말이 사라졌다. 이리스는 빅터의 목에 손을 둘렀다.

"빅터, 좋아해요……. 많이 좋아해요."

"널 뭐라고 부를까."

빅터는 조금 곤란한 표정을 지었다.

"넌 확실히 레티시아지만, 자각은 하고 있지 않지?"

"이리스라고 불러도 돼요."

이리스는 웃음 지었다.

"난 이리스로 깨어났어요. 그리고 이리스니까 당신과 사랑을 나눌 수 있어요……. 그렇죠?"

이리스는 빅터의 입술을 손가락으로 쓰다듬었다.

"레티시아의 기억이 없는 나는 안 되는 거예요……?"

"아니, 조금 전에도 말했잖아. 네 영혼은 똑같다고, 이리스……."

이름을 부르자 이리스는 몸을 떨었다. 아아, 이렇게 자상하고 뜨겁게 불러주다니.

"사랑해, 이리스."

"빅터… 빅터, 나도요—!"

빅터는 이리스의 몸을 껴안고 가슴에 얼굴을 파묻었다. 한 번 중단했던 애무를 다시 처음부터 시작하려고 했다. 아니, 이번에는 더 강하고 대담하게.

"아, 아앗!"

가슴을 입으로 세게 빨아들이자 이리스는 등을 뒤로 젖혔다. 더욱 솟아오른 형태가 된 체리빛 꽃망울을 빅터의 손가락이 애무했다. 그리고 손끝으로 순식간에 단단해진 그것을 입에 넣어서 부드럽게 물었다.

"아아……."

이리스는 조금 전보다 더욱 느꼈다. 가슴만으로도 이렇게 느끼는데 아래로 내려가면 어떻게 되는 걸까.

"아……?"

이리스는 황급히 몸을 떼려고 했다.

"왜? 싫어?"

"으, 응, 그게 아니라… 근데 그게 또…….."

이리스는 발그레해진 채 속삭였다.

"저기, 다리 사이가… 젖어서… 미안해요. 나 실례… 를 한 것 같아요."

빅터는 한순간 멍한 표정을 짓다가 웃음을 터뜨렸다.

"너, 너무해요, 웃다니! 나, 사과까지 했잖아요!"

"그게 아니야, 그게 아냐, 이리스. 하아, 넌 정말 아무것도 모르는구나."

빅터의 손이 내려가서 이리스의 다리 사이를 만졌다.

"아아, 정말 흠뻑 젖었군. 잘 들어, 이리스. 여자는 남자를 받아들이기 위해 이곳이 젖는 거야. 좋아하는 남자일 땐 더 젖게 되는 거고."

"저, 정말요?"

"응, 그리고 남자도 좋아하는 여자를 안을 때 몸이 달라지지. 이렇게."

빅터는 이리스의 손을 잡아서 아래로 이끌었다. 이리스는 손이 이끌려 간 곳에서 닿은 뜨겁고 단단한 물체에 깜짝 놀라 몸이 뻣뻣해졌다.

"이, 이건 뭐예요? 이런 거 사람한테 달려 있을 리가 없어요."

"평소에는 숨겨져 있는 곳이지. 하지만 남자와 여자가

이어질 때 남자는 이렇게 변하는 거야. 무서워졌어?"

"무, 무섭기는……."

이리스는 허세를 부리며 손에 닿은 그것을 가볍게 쥐었다.

"뜨겁고 크고… 두근두근하고 있어요."

"그래……."

"내 심장보다 팔딱팔딱 뛰고 있어요."

"……."

빅터는 가볍게 숨을 내쉬었다. 이 떨리는 숨결에 이리스는 흠칫했다.

"빅터……."

다시 한 번 더 쥐자 빅터의 표정에 변화가 일었다. 찡그린 미간 사이로 이리스의 가슴을 요동치게 하는 색기가 느껴졌다.

'남자가 아름답게 느껴지는 건 처음이야.'

손아귀의 물건을 쥐었다가 만졌다가 하자, 빅터의 표정이 달라졌다. 이리스는 그 작업에 온전히 몰두하고 있었다.

내가 빅터를 바꾸고 있는 거야…….

그것은 알 수 없는 흥분이었다.

"이리스."

이윽고 빅터가 손을 뻗어 이리스가 하던 장난을 멈추게 했다.

"그러면 천천히 할 수 없게 되잖아. 어떻게 할 거야."

"어떻게라니……?"

"지금 낭장 너랑 이어지고 싶어지니까."

"응, 응, 물론이죠!"

이리스는 빅터를 그러안고 매달렸다.

"마지막까지라고 했잖아요. 나도 빅터도 준비는 다 됐잖아요?"

빅터가 쓴웃음을 지었다.

"응, 확실히 준비는 다됐지. 언제든 할 수 있지만."

"그럼—"

"하지만 조금 아플 거야. 좀 전의 손가락보다. 각오는 된 거야?"

"으응……."

이리스는 조금 시무룩해졌다. 불안해하는 그 표정에 빅터가 얼굴을 가까이 대고 뺨에 입을 맞추었다.

"괜찮아. 아픈 건 금방 적응될 테니까."

"으응……. 참을게요."

"착한 애로구나. 그럼 우선 상을 줄게."

그렇게 말하고 빅터의 머리가 시트 속으로 사라졌다. 곧바로 혀가 가슴과 배를 지나서 아래까지 내려갔다.

"뭐, 뭐하는 거예요…… 아아."

젖은 그곳을 손가락으로 벌렸다고 생각한 순간, 따듯한

무언가가 어루만져 주었다. 그 순간 이리스는 침대 위에서 뛰어올랐다.

"싫, 싫어어, 그게 뭐… 하아!"

조금 전의 손가락과 다른 감촉에 저도 모르게 다리를 크게 벌렸다. 뜨겁고 매끄러운 무언가가 격렬하게 문질렀고 그와 동시에 피가 물결치듯 온몸을 돌았다.

이리스는 빅터의 혀와 입술이 그 감촉을 주고 있다는 사실을 알았다. 사랑의 말을 속삭이던 그 입술이 이리스 자신도 건드려 본 적이 없는 비밀을 지금 맛보고 있었다.

"빅터, 안 돼. 그렇게… 입으로 하다니. 무슨 짓을……."

"그런 짓? 무슨 짓을 말하는 거야?"

"그, 그렇게… 핥거나… 빨면 안 돼에에!"

쭈욱 빨아들이는 감촉에 이리스는 비명을 질렀다.

"아, 빅터, 뭐, 뭔가가… 내 몸이……."

그곳에서 커다란 쾌감이 퍼져 왔다. 온몸에 불이 붙은 듯한 느낌에 이리스는 가만히 있을 수 없어서 고개를 흔들었다.

"싫어, 싫어. 머리랑 몸이 이상해질 것 같아, 이거 뭐야……."

"느끼고 있는 거야. 기분 좋지?"

"아, 아아……."

쾌감이 잔물결처럼 연이어 밀려왔다. 이리스는 그 파도

에 삼켜진 채 이미 숨도 쉴 수 없었다.

"빅터, 나… 이상해요……. 아, 아, 싫어어!"

강한 쾌감이 이리스의 몸에서 솟구쳤다. 이리스는 온몸을 뻗으며 침대 위에서 물고기처럼 뛰어 올랐다. 눈앞이 새하얘졌고 몸이 여물어 터지는 느낌이 들었다.

"하아… 하아, 하아, 하아아……."

축 늘어진 채 시트 속으로 잠기던 이리스는 눈물에 번진 속눈썹을 올리고 빅터를 찾았다.

몸을 일으킨 빅터는 힘없이 널브러진 이리스의 한쪽 다리를 들어 올렸다.

"이리스, 예쁜 다리야."

"…으읍."

넓적다리에서 무릎으로 혀가 미끄러지자 이리스가 몸을 떨었다. 빅터가 만진 곳이라면 어디든 녹아내릴 것 같았다.

"이리스, 내 사람이 되어줘."

빅터는 그렇게 속삭이며 천천히 이리스의 몸속으로 들어왔다.

"아앗!"

큰 충격에 이리스는 무심코 소리를 질렀다.

"아, 아파, 아파, 빅터!"

"아직이야. 이리스."

단단한 것이 자신의 몸속으로 들어왔다.

"아니, 못하겠어. 아파, 넣지 마요!"

뜨거운 것이 헤집고 후벼파듯이 들어왔다.

"아직이야."

"빅터, 아파앗, 그만해."

부서질 듯한 공포에 휩싸였다. 하지만 빅터는 허락하지 않았다.

"이리스… 사랑해. 내 사람이 되어줘."

"빅터… 아아……."

빅터가 마법의 주문을 이리스의 귓가에 속삭이자, 아픔을 지우는 쾌감이 이리스의 몸속에 피어났다.

"아아, 흐으…… 읏!"

빅터가 문지르는 벽 안쪽에 이리스가 쾌감을 느끼는 곳이 있었는지 비명이 달콤하게 녹아갔다.

빅터는 몸을 한 번 떼서 이리스가 숨을 돌릴 수 있게 했다. 그리고.

"아아아!"

한 번에 이리스의 몸을 뚫었다.

"이리스……!"

"아아, 빅터……."

"이리스, 네 몸속… 뜨거워."

"아, 앗, 안 돼… 움직이면……."

이리스의 달콤한 목소리에 빅터는 반응하며 전율했다.

이에 이어 이리스가 또 반응했다. 둘은 쾌감을 주고받으며 높은 곳을 향해 단숨에 달려갔다.

"이리스……."

"아, 아아, 빅터……."

이리스와 빅터는 단단하게 꼭 끌어안은 채 거대한 쾌감의 소용돌이 속으로 함께 녹아갔다.

*   *   *

이튿날 이른 아침, 빅터와 이리스는 국경으로 향하지 않고, 왔던 길을 되돌아가기로 했다.

국경에는 코자 왕자의 병사들이 감시하고 있을 터였다. 따라서 우선 돌아가서 산을 넘어갈 생각이었다.

"미안해, 멀리 돌아가게 해서."

빅터의 말에 이리스는 고개를 저었다.

"아니, 나 너무 기뻐요."

"기쁘다니?"

"그야, 멀리 돌아가는 만큼 빅터랑 같이 있을 수 있잖아요."

"……."

"나, 나 이대로 기억이 돌아오지 않아도 괜찮아요. 이스칸리아의 공주가 아닌, 이리스와 빅터로 계속 있고 싶어요."

"그건……."

빅터의 검은 눈동자에 그림자가 드리워졌다.

"계속 같이 있을 수 있는 방법은…… 없을까요?"

"…우선 이스칸리아에 돌아가자. 자라 국에 머물다가는 위험할 거야."

"알겠어요."

빅터와 이리스는 고생 끝에 산을 넘었다. 산 정상 부근에는 이미 눈이 쌓여 있었고, 둘의 여정은 험난했다.

하지만 겨울이 본격적으로 시작되기 전에 산을 내려가서 가까스로 이스칸리아에 도달할 수 있었다.

제6장
눈오는 마을

빅터와 이리스는 이스칸리아의 북쪽 시골에서 겨울을 보내기로 했다.

"마이셀 황자님께서 내린 명령에 기한은 정해져 있지 않아. 이번 겨울은 이 마을에서 안전하게 보내고, 봄이 오면 날을 정하자."

빅터는 발렌시아에서 사용했던 로즈리라는 가명을 그대로 사용하여 촌장과 거래한 후 아담한 집 한 채를 빌렸다.

겨울이 되면 시골에는 밭에 눈이 쌓이기 때문에 남자들은 산에서 나무를 하거나 사냥을 했다. 따라서 사람 손이 많은 편이 수월했다. 이 시기가 되면 군에서 도망친 퇴물 병사가 많기 때문에 빅터도 그들 중 한 명으로 위장했다. 아내와 함께라는 점은 흔치 않았지만 말이다.

준비된 집은 이 년 정도 사람이 살지 않았던 폐가였다. 이리스는 먼지와 거미줄투성이인 집을 보고 허리에 손을 얹고 말했다.

"자아, 이건 내 일이겠네요. 빅터는 사냥이라도 다녀와요. 돌아왔을 땐 집이 반짝반짝해졌을 테니."

"네가 청소를 하려는 거야?"

빅터는 놀란 표정으로 물었다.

"물론이죠. 유키야나기 마을에서 지낼 때 아르친 할머니께 제대로 배웠으니까요."

염려스러워하는 빅터를 내쫓고 이리스는 마을의 공동 우물에 가서 통에 한가득 물을 펐다. 그러고는 준비된 수레에 물통을 싣고 끙끙대며 집까지 옮겼다.

"자아, 해치워 버려야지!"

이리스는 입을 천으로 가리고 빗자루와 먼지떨이를 들고서 집에 들어섰다.

저녁 무렵, 빅터는 마을 남자들과 사냥을 끝내고 집에 돌아왔다. 사냥감은 촌장이 사들인 후 품삯을 주었다. 빅터는 품삯 외에 토끼 한 마리를 가지고 돌아왔다.

아담한 집에 따스한 빛이 흘러넘치고 있었다.

광을 낸 창문 안으로 난로의 불빛이 흔들리고 있었고, 이리스가 분주한 듯 바삐 움직이고 있었다.

"……."

빅터는 집 앞에서 잠시 우두커니 서 있었다.

전쟁터에서 만나 마음에 빛을 준 어린 소녀. 아련하게 싹튼 연정을 신분 때문에 필사적으로 감추고 있었다.

이런 광경은 한낱 꿈일 뿐이라고 생각했다.

마이셀과 레티시아를 고지스의 병사로부터 구한 뒤, 빅터는 두 사람이 아끼는 부하가 되었다. 이민족인 빅터는 성벽 밖에 있는 숙소를 제공받았지만, 전쟁이 끝난 후에도 종종 부름을 받아 두 사람의 호위로서 곁을 지켰다.

젊은 마이셀 황자는 또래인 빅터를 허물없이 대해 주었고, 레티시아는 또 한 명의 오빠를 대하듯 따랐다.

꽃이 피듯 레티시아는 나날이 성장했고 아름다워졌다. 빅터는 그 모습을 가까이에서 지켜보는 것만으로도 만족한다고 생각했다.

빅터가 천인대장으로 출세하고 성내에 호화로운 저택을 하사받았을 때 레티시아는 아름다운 드레스를 몸에 걸치고 파티에 참석했다. 그날 밤 그녀의 아름다운 모습은 잊을 수 없었다.

반년 전에 벌어졌던 신들의 봉우리 전쟁에서 그녀를 잃기 전까지 덧없는 행복은 계속되었다. 전란 중에 레티시아가 실종되었을 때 누구보다 자신을 자책했다. 그녀를 지키는 것이 자신의 역할이라고 생각했기 때문이다.

필사적으로 그녀를 찾았다. 어떤 단서라도 자신이 직접 찾으러 갔다. 시장에서 목걸이가 나왔을 때는 미친 듯이 기뻐했다. 유키야나기 마을에서 레티시아가 인간 상인에게 팔렸다고 들었을 때는 곧장 이스칸리아에 돌아와 자신의 저택과 살림살이를 팔아서 돈을 마련했다. 이스칸리아의 공주라는 사실을 들키지 않고 레티시아를 사야 했다. 한 나라의 공주가 노예시장에 팔리는 일이 있어서는 안 되기 때문이었다.

그리하여 시작된 여정, 빅터는 행복했다. 이른 봄의 눈처럼 덧없이 사라질 행복이라도 좋았다. 좋았어야 할 터였다……

안에서 식사 준비를 하던 이리스가 고개를 들고 빅터가 밖에 서 있다는 사실을 알아차렸다. 이리스는 얼른 현관으로 와서 문을 열어주었다.

"빅터, 다녀왔어요?"

"다녀왔어……"

목소리가 잠겨 있었던 것은 눈물을 머금고 있어서가 아니라 추워서였다. 분명히 그렇다.

이리스는 빅터에게 달려들어 뺨과 입술에 키스를 했다.

"추웠죠. 이웃 사람이 빵이랑 야채를 나눠줬어요. 무청이랑 당근 수프뿐이지만 괜찮죠?"

"좋아하는 음식이야."

"다행이다! 우리 둘만의 집에 어서 오세요."

이리스는 빅터의 손을 잡고 집 안을 진지하게 안내했다.

"어때요?"

이리스는 의기양양하게 집 안을 보여주었다. 먼지투성이였던 집이 안락하게 정리되어 있었다.

"굉장해. 꽤 잘하는데."

"그죠? 나 청소하는 거 정말 좋아해요."

빅터는 허리춤에 매달아 놓은 토끼를 이리스에게 보여주었다.

"상이야."

"멋져요! 그럼 내일은 토끼 조림이겠네요."

"털가죽은 귀마개로 쓰면 되겠어."

"네!"

이리스는 빅터의 가슴에 기댔다.

"행복해. 나 너무 행복해요."

빅터도 같은 마음이었다.

"빅터, 저기 말이에요."

"왜?"

침대 안에서 이리스는 빅터의 가슴에 얼굴을 대고 속삭였다.

"나 오늘 부인이라는 말 들었어요."

"그랬어?"

"기뻤어요. 발렌시아 여관에서 빅터가 날 아내라고 썼을 때도 두근거렸지만 오늘은 더 기뻤어요."

"산에서 사람들이 나한테도 네 이야기만 묻더라. 부인이 미인이라고."

"자랑했어요?"

"응."

"난 모두에게 자랑했어요. 세상에서 가장 멋진 남편이라고요."

"……"

가만히 있는 빅터의 몸을 이리스가 덮었다.

"나, 빅터랑 여기서 평생 살아도 돼요……. 응, 살고 싶어요. 평범한 시골 처녀 이리스랑 사냥꾼 빅터로."

"……마이셀 황자님께서 슬퍼하실 거야."

"지금의 난 모르는 사람이잖아요."

이리스는 몸을 일으켜서 빅터의 배에 올라탔다. 그의 목에서 가슴으로 손가락을 굴리며 가볍게 키스했다.

"……빅터는 천인대장이란 지위가 아까워요?"

"아깝지 않다면 거짓말이겠지."

빅터는 손을 뻗어 이리스의 보드라운 아랫배를 만졌다.

"나 같은 이민족이 상급 사관이란 지위까지 오르는 일은 거의 없어. 내 지위는 다른 이민족들이 나아갈 방향을 제시한다고도 할 수 있지……."

"남자들은 지위랑 명예밖에 모르네요."

이리스의 말에 빅터가 웃었다.

"왜요?"

"아니, 지금의 네 말……. 전에도 같은 말을 들었던 것 같아서."

"기억 안 나요."

이리스는 흥 하고 콧방귀를 뀌었다. 빅터의 손가락은 더 아래로 미끄러지듯 내려와 머리칼처럼 보드라운 은색의 솜털 속을 헤치고 들어갔다.

"흐응……."

"솔직히 말해서 난 아직 망설이고 있어. 널 황궁에 데려가는 편이 좋지 않을까 계속 생각하고 있고. 넌 레티시아야. 그 사실은 변하지 않을 거야."

"바꿀 수 있어요."

이리스는 빅터의 가슴을 짓눌렀다.

"당신도 잊으면 돼요. 자신이 천인대장이라는 사실도 내가 레티시아라는 사실도."

"그건……."

빅터는 손가락을 안으로 집어넣었다.

"힘들 것 같아."

"흐응, 하아, 레티시아는 죽었어요…… 반년 전에 있었던 싸움에서……. 아, 아아… 당신은 그렇게 보고하면 돼요……."

"……."

"천인대장을…… 계속하고 싶다면 계속해도 돼요……. 전쟁이 없을 때는… 하아…… 앗, 이 마을에 돌아와서……."

이리스는 뜨거운 숨을 내쉬며 빅터의 가슴에 양손을 대고 그를 받아들이기 위해 허리를 내렸다.

"둘이서 살아요. 조용하고 행복하게. 유키야나기 마을의 할아버지랑 할머니처럼… 언제까지나 사이좋게."

이리스는 숨을 내쉬고 천천히 빅터를 받아들였다. 빅터의 물건이 뜨거운 몸속을 어루만지는 느낌이 좋았다. 좁은 그곳을 그로 가득 채우면 빠져 있는 기억으로 인한 불안을 떨쳐낼 수 있었다.

이리스의 몸과 마음을, 빅터와 이어져 있다는 안도감으로 채우는 것이었다.

"빅터… 하아……."

"이리스……."

이리스가 빅터 위에서 몸을 비틀 때마다 은색 머리칼이

침대 옆에 놓인 양초의 불빛에 반짝반짝 빛났다. 둥그스름하게 말려 올라갔다가 떨어지는 그 머리칼은 빅터가 뚫고 들어갈 때마다 펼쳐지고 흔들리며 가볍게 춤추었다.

"이리스… 아름다워."

빅터는 아래에서 손을 뻗어 분홍빛으로 물든 이리스의 가슴을 쥐었다. 그 자극에 이리스의 몸속이 들끓었다.

빅터는 한숨을 내쉬고 이리스의 가느다란 허리를 붙잡았다.

"움직일게."

"으응… 아, 아, 아……!"

빅터의 움직임에 맞추어 이리스도 허리를 움직였다. 둘의 몸이 이어진 곳에서 뜨겁고 습한 소리가 울려 퍼졌다. 이리스의 머리칼이 빅터의 가슴을 간질였다.

"빅터… 빅터… 사랑해요."

"나도……. 네가 전부야."

빅터는 쾌감 속에서도 한편으로는 냉정하게 생각했다.

이 마을에서 이리스와 아무도 모르게 살아간다? 지위와 명예는 던져 버린 채 사람을 해치는 전쟁 따위는 잊고서 서로만을 바라보며? 시골 처녀인 이리스와 사냥꾼 빅터로 평범하게? 검의 힘 하나만으로 공을 세워서 세상에 인정받기를 바라며 살아왔다. 그 꿈은 이미 이루어졌다. 지금은 하나의 꿈을 더 꿔도 좋을지도 모른다.

그녀가 검에 비쳤을 때부터 그녀를 언젠가 손에 넣고 싶었다.

그 꿈을 영원히 이룰 수 있을지도 모른다.

하지만 정말로?

"아아, 아앗!"

이리스가 먼저 절정에 달하여 빅터 위에서 몸을 부들부들 떨었다. 안에서 꽈악 조여진 채 빅터는 신음했다.

가슴속 어딘가 깊은 곳에 형태가 없는 불안이 있었다. 그 불안은 자신들이 신분과 이름을 속였다는 데에서 오는 것일까. 아니면 신뢰를 주고 있는 황자를 배신하는 일이라서일까.

하지만 빅터는 그러한 불안에 눈을 감았다. 모르는 척했다.

지금은 이 따뜻한 몸과 쾌감 속에, 그리고 내리는 눈 속에 틀어박혀 있고 싶었다.

"이리스⋯⋯!"

이리스의 보드라운 몸을 껴안은 빅터는 사랑하는 아내의 가슴에 얼굴을 파묻었다. 이리스가 빅터의 머리를 팔로 둘러싸서 껴안았다. 지금은 확실한 것만 믿으면 된다.

하지만 빅터의 불안은—

단 일주일 만에 현실이 되었다.

＊　　　＊　　　＊

쨍그랑, 하고 그릇이 깨지는 소리가 나자 검을 손질하던 빅터가 돌아보았다.

이리스가 찬장 앞에 우두커니 서 있었다. 얼굴이 새파랗게 질린 채 손을 떨고 있었다.

"이리스, 무슨 일이야?"

이리스는 한 손으로 뺨을 감쌌다.

"…아무 일도 아니에요. 미안해요. 그릇을 깼어요."

빅터는 일어나서, 바닥에 떨어진 그릇의 파편을 주우려는 이리스의 손을 잡았다.

"내가 할게."

"아니야, 괜찮아요. 잠시 두통이 난 것뿐이에요."

"괜찮으니까 의자에 앉아 있어."

강한 어조로 말하자 이리스는 천천히 의자로 움직였다.

"왜 이러지. 감기라도 걸린 걸까?"

"밖에서 다른 집 부인들이랑 쓸데없이 수다를 떠니까 그런 거야."

"어머, 너무해요. 야채를 어떻게 보관해야 하는지 이야기하고 있었던 거예요."

"과연 그럴까. 틈만 있으면 수다잖아. 이야깃거리가 끊이지 않는 게 신기할 정도야."

의자에 앉은 이리스의 안색이 안정을 되찾자 빅터는 마음을 놓았다. 최근에 이리스는 두통이 계속되어 아침에 일어나지 못하거나 지금처럼 갑자기 현기증이 나고는 했다.

"한번 진찰이라도 받는 게 좋지 않을까?"

"마을엔 의사가 없잖아요."

"그러니까… 마을을 나가서."

"시내는 안 돼요."

이리스가 단호하게 말했다.

"날 아는 사람이 있을지도 모르잖아요."

빅터는 몇 번인가 이리스에게 진찰을 받도록 권유했지만, 그녀는 언제나 그렇게 말하며 거부했다.

"네가 걱정이야."

"괜찮아요."

이리스는 접시를 치우는 빅터의 손을 잡았다.

"이제 실수 안 할 테니까 걱정하지 마요."

밝게 웃는 이리스를 보자 빅터는 그 이상 아무 말도 할 수 없었다.

이튿날 저녁 무렵, 집에 돌아온 빅터는 사냥한 토끼 몇 마리를 이리스에게 내밀었다.

"목도리나 모자, 실내화를 만들 수 있을까?"

"빅터의 망토 깃에 달 장식도 만들 수 있을 거예요."

이리스는 환호성을 지르며 토끼를 받아 들었다. 하지만 즐겁게 이야기하던 그 목소리가 갑자기 멈췄다.

"이리스?"

우두커니 서 있는 그녀의 얼굴을 보고 빅터는 깜짝 놀랐다. 핏기가 가신 채 안색이 눈보다 창백했기 때문이다.

"아, 아얏!"

이리스는 토끼를 떨어뜨리고 머리를 감싸 쥐었다.

"아파! 아파, 빅터……. 머리가 깨질 듯이… 아파요……!"

"이리스?!"

"아파… 도와줘요……."

이리스는 이마를 빅터의 가슴에 대고 격렬히 떨었다. 빅터는 이리스를 안아 올려서 마구간으로 달렸다.

말을 타고 두 시간 정도 달려서 시내에 있는 병원에 갔다. 의사는 야간 환자를 보더니 귀찮은 듯한 표정을 지었지만, 빅터가 금화를 내보이자 서둘러 진찰을 시작했다.

"머리에 상처가 있네요."

이리스의 은빛 머리칼을 헤집고 있던 의사가 말했다.

"아, 아마도 반년 전에 생긴 상처일 거요."

그 상처에 관해서는 빅터도 알고 있었다. 이리스를 안고 머리를 손으로 쓸어 넘길 때 손가락에 그 상처가 닿았던 적이 있다. 아픈지 물으면 이리스는 늘 고개를 저었다.

진찰이 끝나고 의사가 말했다.

"자세한 건 모르지만, 상태를 보니 이 상처가 원인인 것 같습니다. 예전에 상처를 입었을 때 머릿속에서 피가 응고됐거나 고름이 생겼을지도 모르겠군요."

"어떻게 해야 하는 거요?"

"수술로 제거할 수밖에 없겠지요……. 그런 고도의 수술은 황도의 의사, 그것도 황실에 소속된 의사들 정도라야 가능할 거라 생각합니다."

"황실 소속……."

진찰실에 들어가자 이리스가 온몸에 땀을 심하게 흘리며 신음하고 있었다.

"아파… 빅터… 너무 아파……."

손가락으로 머리를 계속 세게 누르고 있던 탓에 관자놀이가 빨개져 있었다.

"이리스."

사랑하는 이가 참을 수 없는 고통을 호소하는데 자신은 아무것도 할 수 없는 걸까. 빅터는 주먹을 움켜쥐었다.

"…이대로라면 어떻게 되는 거요?"

빅터는 어두운 목소리로 의사에게 물었다.

"예전에 비슷한 증상을 호소한 환자가 있었습니다만."

의사는 딱하다는 듯한 시선으로 보았다.

"반년도 되기 전에 죽었습니다."

빅터는 시내에서 짐수레를 빌려 담요에 만 이리스를 중앙에 태웠다. 몸 아래에는 담요 몇 장을 깔아서 충격이 가지 않도록 했다.

"빅터……."

이리스는 아픔에 정신이 몽롱했지만 빅터의 가슴에 손을 갖다 댔다.

"집에 돌아가고 싶어요……. 우리 집에……."

"응. 알겠어. 돌아가자."

"계속 같이 있는 거예요… 같이……."

이리스는 어린아이 같은 말투로 속삭이고 의식을 잃었다.

"돌아가자…… 이리스."

빅터는 짐수레를 연결한 말에 채찍을 휘둘렀다. 마차가 덜컹 하고 둔탁한 소리를 내며 움직이기 시작했다.

"이리스, 얼마 전에 토마토 아저씨가 준 물오리 맛있었지."

빅터는 의식이 없는 이리스에게 말을 걸었다.

"실한 녀석이라서 털 뽑기가 아깝다고 너 꽤 고심했잖아."

하얀 입김이 빅터의 얼굴 주변을 감쌌다.

"옆집 앤 아주머니한테 배운 고기 파이, 그건 언제 만들어줄 거야?"

눈이 고요히 내리는 자갈길을 마차는 소리 없이 나아갔다.

"베네 씨네 막내딸 결혼식 때 막내딸이 입을 웨딩드레스에 네가 자수를 놓아줄 거라고 의욕이 넘쳐 있었지. 너랑은 결혼식도 못 올리고 미안해……. 맞다, 다음에 레이스 베일을 사다줄게."

빅터는 말을 계속 이어갔다. 눈 오는 마을에서 보낸 조용한 생활과 따뜻한 시골 사람들의 이야기를. 하지만 듣는 이도 답하는 이도 없었다.

"촌장님께는 정말 신세를 많이 진 것 같아. 아무 말도 없이 떠나서 걱정을 끼치는 건 아닌지 모르겠군. 와이즈 아주머닌 난리시겠어. 아아, 내일 와이즈와 함께 산에 가기로 했었지. 갑자기 파트너가 없어서 수고를 더 해야 할지도 모르겠네."

빅터의 뺨에 눈물이 한 방울 흘러내렸다.

"고작 일주일이었지만 정말 좋은 마을이었어. 네가 늘 청소를 해줘서 집도 깨끗했었지. 토끼랑 무청 스튜도 몇 그릇이고 먹었고 말이야. 근데 고기 경단 수프에 생강을 통째로 넣는 건 좀 그래. 매운 탓에 먹을 수가 없어서 둘이서 자지러지게 웃었잖아. 봄이 오면 밭을 갈자고 이야기했었지.

냉이랑 양배추를 심고, 맞다, 소나 산양도 키우자고 했었잖아. 저 마을은 아직도 눈이 한창 내리고 있을 거야. 눈이 내리고 내려서 쌓여… 우리의 발자국도 숨겨주겠지……."

마차는 달그락대며 새벽길을 나아갔다. 멀리, 황도를 향하여.

제7장
되살아난 기억

"⋯⋯, ⋯⋯."

누군가가 이름을 부르고 있다.

자상하고 사랑스럽게.

그에 답하려 했지만 목소리가 나오지 않았다.

답답해서 손을 뻗었지만 그 누군가는 안개 속에 있었고,
뿌옇고 두꺼운 안개가 방해를 해서 손이 닿지 않았다.

당신은 누구신가요?

소중한 사람. 무척이나 소중한 사람.

나를 사랑해 주는 사람.

하지만 누구인지 알 수 없다…….

*　　　*　　　*

정신이 들자 눈물이 뺨을 타고 흘러내리고 있었다.

또다. 또 울면서 잠에서 깼다.

레티시아는 얼굴을 옆으로 돌려서 베개 위를 더듬어 보았지만, 그곳에는 아무도 없었다.

베개를 쓰다듬어도 차가울 뿐이었다.

'어째서 누군가가 있다고 항상 생각하는 걸까.'

성에서 정신이 든 이후로 늘 이랬다. 침대에 혼자 있는 것이 이상한 기분이 들었다.

'어린애도 아니고 참…….'

아니면 이렇게 생각하는 것도 사고의 후유증인 걸까.

레티시아가 눈을 떴을 때, 오빠인 마이셀 황자가 바로 곁에 있었다. 마이셀의 파란 눈동자에는 눈물이 얼룩져 있었다.

오라버니, 무슨 일이야.

그렇게 말하려고 했지만 목이 막혀서 말이 나오지 않았다. 몸도 경직되어 마음대로 움직일 수 없었다.

이상한 표정을 짓는 레티시아에게 마이셀은 '사흘이나 잠들어 있었어' 라고 말해주었다.

"위험한 수술을 받았단다. 머릿속을 열어서 말이야. 빅터가 널 데리고 와줬어. 좀 더 늦었으면 목숨이 위험할 뻔했다고 하는구나."

빅터. 그리운 이름이다. 어릴 적부터 곁에 있어주었던 훌륭한 무관이다.

"대체 반년 동안 어디에 있었던 거니."

반년? 나는 신들의 봉우리에 있었다. 하지만 태풍이 불던 날에 고지스의 병사가 막사에 쳐들어와서 우리는 도망쳤었지……. 절벽으로… 절벽에서 강으로.

얼굴을 찡그리는 레티시아에게 마이셀은 서둘러 손을 저었다.

"아니, 괜찮아. 지금은 안정을 취하렴. 지금까지의 일은 몸이 낫고 나서 이야기하자꾸나."

마이셀이 그렇게 말하자 레티시아는 눈을 감았다.

이상한 오라버니. 반년이라니… 어제 헤어졌을 뿐인데…….

조금씩 회복하는 과정에서 레티시아는 정말로 반년이나 되는 시간이 흘렀다는 것을 알았다. 자신이 행방불명이었다는 것도, 유키야나기 마을에서 목숨을 건진 뒤 빅터 일다 지마 천인대장에게 구출되었다는 것도.

하지만 레티시아는 그간의 기억이 전혀 없었다.

유키야나기 마을도, 자신을 구해준 노부부의 일도, 빅터와 여정에 올랐던 일도.

머릿속에 피가 응고되어 있었다고 한다. 그것을 제거하자 기억의 일부분이 손상되었다고 의사는 말했다. 기억이 날 수도 있지만 영원히 나지 않을 수도 있다고 했다.

빅터를 만나서 이야기를 듣고 싶었지만 그는 자신을 성에 데리고 온 이후 고지스와의 전쟁을 끝내기 위해 출병했다. 한 달 후에나 돌아온다고 오라버니는 알려주었다.

　·

레티시아는 침대에서 일어났다. 몸은 완전히 회복되었지만 오빠의 과잉보호 때문에 방에서 나가는 것은 허락되지 않았다. 레티시아는 너무나도 따분했다.

'오라버니가 날 계속 가둬두니까 이렇게 뭔가 허전한 느낌이 드는 거야.'

레티시아는 창문을 열어 눈 아래로 펼쳐지는 아름다운 정원을 보았다. 겨울이지만 나지막한 상록수 덤불이 싱싱한 초록 잎으로 우거져 있었다.

'여름이라면 담쟁이덩굴을 타고 내려가면 되는데.'

어렸을 적에 빅터에게 배웠다. 호위로서 종종 함께 외출하여 산에서 짐승을 만났을 때 대처하는 방법이나 식용 버섯을 구분하는 법 등을 그는 레티시아에게 가르쳐 주었다. 담쟁이덩굴을 타는 법도 그랬다.

'빅터, 빨리 돌아와. 묻고 싶은 게 많아.'

레티시아는 창을 닫았다.

"어머……."

넓은 창문의 한 부분에 새똥이 들러붙어 있었다.

"꺄아아아! 레티시아 공주님! 뭐하시는 거예요!"

시녀가 비명을 질렀다. 레티시아가 창틀에 서서 유리를 닦고 있었기 때문이다.

"뭐라니, 청소하는 거잖아. 새똥이 묻어 있었거든. 그리고 겸사겸사 창문도 좀 닦으려고."

"그, 그런 건 청소 담당자에게 시키세요! 공주님께서 하실 일이 아니에요!"

"그야 금방 끝나니까. 그리고 말하는 것보다 내가 하는 게 빠르잖아."

"그만하세요! 얼른 거기서 내려오세요. 떨어지시면 큰일 나요!"

"오라버니께서 이대로 날 여기에 가둬두실 생각이라면 바닥 청소도 할 참이라고 전해 드려. 나 이제 쉬는 건 진절 머리가 나니까."

"아, 알겠어요! 마이셀 황자님께 전해 드릴게요. 그러니

거기서 내려오세요!"

이러한 억지스러운 거래로 어떻게든 성안을 걷는 것은 허락받았다. 레티시아는 얼른 정원에 내려와서 수풀의 흙을 살폈다.

"저기."

곁에서 시중을 들던 시녀가 돌아보았다. 그리고 레티시아의 다음 말에 시녀는 까무러칠 뻔했다.

"여길 일궈서 밭으로 만들 수 있을까? 순무를 심으면 멋질 것 같지 않아?"

"레티시아."

오랜만에 마이셀 황자가 여동생의 방을 찾아왔다.

"이상한 말을 해서 모두를 곤란하게 하고 있다고 하더구나."

"그게 그렇게 이상한 말인가?"

레티시아는 고개를 갸웃거렸다.

"자신의 방을 스스로 청소하고, 밭을 만들고, 요리를 하고 싶다고 했다던데."

마이셀은 노래를 부르듯이 꼽았다.

"보통 여자애라면 하는 일이야."

레티시아는 입을 삐죽 내밀었다. 마이셀은 재미있다는 듯 그녀의 앵두 같은 입술에 손가락을 가져다 댔다.

"그래, 보통 여자애라면 말이지. 하지만 레티시아, 넌 황녀란다. 네가 그런 일을 하면 널 위한 청소 담당자나 요리사가 직업을 잃게 되잖니. 고용주로서 그들의 일을 빼앗아서는 안 되겠지."

"잘못했어요."

레티시아는 얼른 사과했다.

"거기까진 생각하지 못했어. 하지만 가끔은 해보고 싶어. 저기, 밭을 가는 건 안 될까?"

"널 위해서 금으로 만든 괭이와 물뿌리개를 준비하도록 하마."

마이셀은 웃음을 지었다.

"네가 키울 순무를 위해 특별한 비료도 준비하도록 하지."

"멋져! 고마워요, 오라버니."

레티시아가 오빠에게 달려들어 뽀뽀를 했다.

"그리고 하나 더 기쁜 소식이 있단다."

마이셀은 여동생의 은색 머리칼을 쓰다듬었다.

"빅터가 돌아왔단다."

고지스와의 전쟁은 오랫동안 계속되었음에도 양측 모두 사상자가 없었고, 빅터가 이끄는 사단은 몇 명의 부상자만을 데리고 돌아왔다.

애초에 천인대장이 출전할 정도의 전쟁은 아니었지만, 빅터가 간절히 청하여 마이셀이 허가를 내렸다고 한다.

마이셀은 격려의 차원으로 조촐한 파티를 열기로 했다고 말했다. 레티시아는 파티에 참석해도 좋다는 허락을 받고 들뜬 마음으로 드레스를 골랐다.

사관들이 술이나 음식을 즐기고 있는 연회장에 레티시아가 등장하자 수런대는 소리가 일었다.

반년 전 행방불명된 이래로 레티시아가 처음 참가하는 공식 행사였다. 모피를 풍성하게 곁들인 드레스를 입은 레티시아를 사관들은 눈부시다는 듯 바라보았다.

레티시아는 대신이나 귀족들에게 가볍게 인사하며 오늘의 주인공인 빅터를 찾았다. 아무래도 연회장에서 정원으로 빠져나간 듯했다. 레티시아는 시녀에게 말해 숄을 받아 들고 정원으로 내려갔다.

넓은 정원에는 등이 몇 개 켜져 있었다. 한쪽 구석에는 눈이 남아 있었지만, 대부분은 녹아 있었다. 봄이 가까워진 것이다.

빅터는 정원 중앙에 위치한 분수 옆에 있었다. 사관 제복에 검고 긴 망토를 걸친 그 모습이 밤에 녹아들 것 같았다.

"……."

말을 걸어보려고 했지만 목소리가 나오지 않았다. 빅터는 중앙 정원에 만들어놓은 연못을 가만히 바라보고 있었다.

성의 불빛을 반사하여 반짝이는 연못이 그 하얀 피부를 돋보이게 했다. 나른해 보이는 옆모습은 전쟁 때문인지 볼이 핼쑥했고, 기억하고 있던 것보다 날카롭고 어른스러운 인상이었다.

레티시아는 빅터의 옆모습에 넋을 잃었다. 어릴 적부터 쭉 곁에 있었던 신뢰하는 무관, 그뿐이었을 터였다.

'왜일까, 모르는 사람처럼……. 게다가… 가슴이 두근거려…….'

그가 구해준 것을 전혀 기억하지 못한다는 사실이 갑자기 안타까웠다. 함께 여행도 했다고 한다.

그사이에 우리는 어떤 이야기를 했고, 서로 어떻게 마주 보며 웃었을까.

빅터는 나를 어떻게 불렀을까.

어떤 눈빛으로 나를 바라보고 지켜주었을까…….

"—이런, 레티시아 공주님이시로군요."

레티시아가 멍하니 서서 자신을 바라보고 있다는 사실을 빅터가 알아차렸다. 그는 오른손을 가슴에 대고 몸을 숙였다.

"빅터……. 오, 오랜만이야."

레티시아는 목소리가 떨리는 것을 감추며 여유롭게 빅터에게 다가갔다.

"……."

빅터는 바로 곁에까지 다가온 레티시아를 검은 앞머리 아래에의 무표정한 눈동자로 바라보았다.

"소문대로, 역시 아무것도 기억하지 못하시는군요."

"으응, 그래. 난 신들의 봉우리에서 적에게 습격당한 일은 기억하고 있지만, 그 뒤의 일은 전혀 기억이 나지 않아."

"그러십니까."

빅터는 시선을 돌려서 등의 불빛을 반사하고 있는 연못을 바라보았다. 레티시아는 그런 빅터의 하얀 옆얼굴을 올려다보았다.

"너와 함께 여행을 했을 텐데……. 아쉬워. 분명 즐거웠겠지."

"그렇게 즐겁지만은 않았습니다."

"빅터, 됐어. 나랑 있을 땐 그렇게 말하지 않아도 된다고 했잖아. 평소처럼 이야기해."

레티시아는 빅터의 공손한 말투가 조금 전부터 살짝 거슬렸다.

"…반년 만이라서 그런가. 긴장했어."

이윽고 빅터가 평소처럼 말해주어 레티시아는 마음을 놓았다. 레티시아는 빅터와 나란히 서서 연못에 이는 물결을 바라보았다.

"미안해. 나 정말 아무것도 기억이 나지 않아. 분명 널 곤란하게 했겠지?"

"아니야."

"진짜? 그럼 여행 이야기 좀 해봐."

"……여행 중에 들렀던 마을의 시장에서 소시지를 엄청 먹었어."

"어머."

"그 후엔 돈이 없어서 도망갔지."

"거짓말!"

"진짜야."

"거짓말이야, 거짓말!"

레티시아는 빅터에게 대들었다. 조그마한 손으로 그의 가슴을 두드렸다. 빅터는 웃으면서 그 손을 부드럽게 감쌌다.

"……아."

그 순간 레티시아의 손끝에서 등줄기까지 달콤한 전율이 흘렀다.

"아……?"

"레티시아?"

빅터가 들여다보았다. 가까워진 그의 밤의 눈동자에 레티시아의 가슴이 고동쳤다. 숨이 멎을 것 같았다.

"왜 그래? 괜찮아?"

"괜, 괜찮아……. 놔줘."

빅터가 손을 놓았고, 레티시아는 그 손으로 자신의 가슴

을 감쌌다. 심장이 두근두근 격렬하게 요동치고 있었다.

'왜 이러는 거지. 오랜만이라고 해서 빅터를 남자로 의식하다니…….'

어릴 적부터 쭉 곁에 있었는데 어째서 이제 와서.

빅터는 그런 그녀의 상태를 알아채지 못한 듯했다. 이상하다는 듯한 표정으로 들여다보고 있었다.

"얼굴이 빨개, 레티시아. 열이라도 있는 거 아니야?"

빅터의 손이 이마에 닿았다. 그 차가운 손이 닿자 다리에서 힘이 쑤욱 빠졌다.

"위험해."

빅터가 휘청대는 레티시아를 붙잡아주었다. 빅터의 팔이 레티시아의 가느다란 허리를 감쌌고 어깨를 껴안았다. 그러자 가슴이 닿았고 빅터의 열기와 향기가 레티시아를 감쌌다.

"아……."

몸속, 허리 주변에 아픔과 흡사한 욱신거림이, 그리고 뜨거운 무언가가 뚝뚝 떨어져 내렸다.

"놔줘!"

레티시아는 몸을 잡아떼듯 빅터에게서 떨어졌다. 숨이 가빴고 온몸이 떨렸다.

"레티시아……?"

"미안해, 나… 추, 추운 것 같아."

레티시아는 그렇게 말하고 드레스 자락을 날리며 연회장으로 달려갔다.

"……."

빅터는 몸을 숙여서 땅에 떨어진 레티시아의 숄을 주워 들었다. 은빛 담비의 보드라운 모피로 만들어진 숄이 빅터의 손안에서 부드럽게 휘어졌다.

마치―

"네 살결처럼 보드라워."

빅터는 숄을 있는 힘껏 쥐었다.

"나… 왜 이러는 거지……."

레티시아는 자신의 방까지 달려와서 침대에 몸을 던졌다.

열은 가라앉지 않았다. 숨을 쉴 때마다 몸속의 깊은 곳이 뜨겁게 달아올랐다. 다리 사이의 예민한 그곳이 점점 강하게 고동쳤다.

"……아."

참을 수 없었던 레티시아는 드레스 위로 그곳을 만졌다. 아주 잠깐 스쳤을 뿐인데 허리가 움찔움찔 떨렸다.

"으응……."

가운뎃손가락으로 그곳을 누르자 천 아래로 스며드는 느낌이 들었다. 지금의 자극보다 더 강한 자극을 바라고 있었다.

"아, 그런 건……."

레티시아는 다리를 벌리고 손가락을 끼웠다. 자신이 하고 있는 일이 부끄럽고 역겨웠지만 그곳에서 손가락을 뗄 수 없었다.

좀 더 세게 만지고 싶어, 그곳을 문지르고… 안으로…….

'뭐? 나 뭐라고 하는 거야?'

이렇게 저급한 행동은 한 적이 없었다. 그곳은 불결하고 볼일을 볼 때나 사용하는 곳이었다. 그런 곳을 만지고 싶다… 라니. 기분이 좋다… 라니…….

"아, 아아."

아주 잠깐 움직였을 뿐인데도 달콤한 목소리가 높아졌다. 자신도 들은 적 없는 부끄러운 소리.

"아, 아아… 안 돼……."

레티시아는 엎드린 채 허리를 조금 들어 올렸다. 빈 공간 사이로 손가락을 움직이자 움찔하며 쾌감이 온몸을 내달렸다.

천을 사이에 두고 느끼는 자극이 답답했고, 손가락 하나로는 부족했다. 좀 더 두껍고 단단한 것으로 문질러 줬으면 좋겠다? 아니면 부드럽고 따뜻한 것으로 젖게 했으면 좋겠다?

'나… 대체 무슨 생각을 하는 거야…….'

몸과 마음이 엉망진창이었다.

뜨겁고 축축한 것을 떠올렸을 때 머릿속에 혀가 그려졌다. 그런 자극, 알 리가 없을 터인데 생각만으로도 쾌감이 더해갔다.

"하아… 아아……."

시트에 갖다 댄 뺨이 차가웠다. 입술에서 흐른 침이 더럽힌 것이었다.

"거짓말이야… 안 돼……."

무릎을 맞대고 문지르는 사이에 드레스 자락이 조금씩 말려 올라갔다. 레티시아는 그곳이 무엇을 바라는지 알고 있었다.

"안 돼… 안 돼, 거긴—"

바깥 공기에 살결이 떨렸다. 벌린 다리 사이로 손가락을 집어넣자 매끄러운 그곳에 닿았다. 만지고 말았다.

"아… 아!"

뜨거운, 생각했던 것보다 훨씬 뜨거운 것이 레티시아의 손가락을 집어삼켰다.

"하아… 아……."

이 손가락은 누구의 손가락? 내가 아니야, 난 이런 저질스러운 짓은 하지 않아. 이건— 이건 누군가의, 다른 누군가의…….

"……."

목소리가 들렸다. 언제나 꿈속에서 자신을 부르는 목소리.

그렇다. 그 사람이다.

매끌매끌 미끄러지는 그곳에 손가락을 문지른 채 레티시아는 헐떡이며 그 목소리를 쫓았다.

'기다려, 기다려…….'

이제 곧 떠올릴 수 있다, 조금만 더 있으면 그 사람의 얼굴이 보인다.

'저기, 기다려, 가지 마, 사라지지 마— 내가 거기로, 거기로 갈게. 갈 테니까, 갈… 테니까…….!'

"하아, 하아… 핫!"

레티시아는 침대에서 튀어올라 쾌감의 절정에 도달했다.

그때 뇌리에 떠오른 것은.

'빅터…….!'

"하아아, 하아, 하아…….."

다리 사이가 심하게 떨리고 있었다. 하지만 그곳에서 손을 떼지 못한 채 레티시아는 그대로 정신을 잃듯 잠에 빠져들었다.

　　　　*　　　　*　　　　*

"어제 술을 드신 건가요?"

시녀 마키아가 레티시아가 입었던 드레스의 주름을 펴며 말했다.

"드레스를 입으신 채로 잠드시다니."

"으응, 그, 그러네⋯⋯."

레티시아는 침대 위에 앉아서 마키아가 드레스를 정리하는 모습을 지켜보고 있었다. 혹시 어젯밤의 나쁜 장난을 눈치채면 어떻게 하지⋯⋯. 레티시아는 조마조마한 마음으로 시녀의 행동을 지켜보고 있었지만, 그녀는 드레스를 그대로 옷장에 집어넣었다. 레티시아는 안도의 한숨을 크게 내쉬었다.

커다란 창문으로 아침 햇살이 방 구석구석까지 비추었다. 새하얀 시트 위에도 죄의 흔적은 남아 있지 않았다.

"오늘은 열병식이 있으니 서둘러 옷을 갈아입으셔야 해요."

"응— 알고 있어."

어제는 상급 사관들만의 파티였지만, 오늘은 전체 군대 앞에 마이셀과 함께 나간다. 전쟁터에서 입은 부상을 치료한다는 명목하에 반년 이상 공식 석상에 나서지 않았던 레티시아의 복귀 의식과도 같았다.

"레티시아 공주님의 건강한 모습을 보면 병사들도 분명히 기뻐할 거예요."

레티시아는 어릴 적부터 마스코트로서 전쟁터에 나갔다. 그리고 병사들과도 허물없이 대화를 나누곤 했다. 모두가 레티시아를 자신의 딸이나 누이처럼 귀여워했고 소중하게 대했다. 레티시아도 열병식에 모습을 드러내는 것에 별다른 이의가 없었다. 하지만…….

"빅터 일다 지마도 나오겠지."

"그야 당연하지요. 천인대장이니까요!"

천 명의 병사를 이끄는 천인대장은 네 명이며, 전쟁터에서 그들은 실질적인 지휘관에 해당한다. 그 위에 장군이 두 명 있지만, 전장에는 나서지 않는다.

"레티시아님은 일다 지마 대장님과 오래전부터 가까우셨지요?"

마키아가 눈을 반짝이며 레티시아에게 물었다. 그녀는 레티시아가 눈을 뜬 후에 새로 배정받은 젊은 시녀였다.

"으응, 어렸을 적에 전쟁터에서 늑대에게서 구해줬어."

"멋지네요! 일다 지마 대장님은 여자들한테 인기가 굉장해요!"

"그, 그래?"

그런 이야기는 들은 적이 없었다. 하지만 기억을 잃기 반년 전에 시중을 들던 시녀는 레티시아보다 나이가 많은 딱딱한 여자였기 때문에 시시콜콜한 이야기를 하지 않았던 것뿐일지도 모른다.

"젊고, 지위가 높고, 독신인 데다 강하고. 게다가 이국적인 검은 머리칼과 검은 눈동자를 보면 매력이 철철 넘친대요."

"뭐어……."

"아, 그런데 시내에 있는 커다란 저택을 처분하고 지금은 성내에 있는 관사를 빌려서 임시로 지낸다고 하던데요. 새 저택을 지어서 신부를 맞이할 거라는 소문도 있었어요."

"서, 설마."

어제 만났을 때 그런 이야기는 한마디도……. 만약 그랬더라면 나에게 무언가 말했을 것이라고 생각하며 레티시아는 갑자기 답답해진 가슴을 감싸 쥐었다.

'하지만 어젠 내가 느닷없이 도망쳤으니… 이야기할 틈이 없었을지도 몰라. 그래, 아닐 거야. 빅터가 결혼할 리 없어.'

"일다 지마 대장님이 맞이할 신부는 어떤 사람일까요?"

머릿속을 빙글빙글 도는 레티시아의 생각을 가로막고, 마키아는 황홀한 어조로 속삭였다.

"분명 어른스럽고 여성스러운데다 아름다운 분이겠죠. 차분히 시를 읊을 것 같은 분."

"열병식에서 입을 드레스는 어디 있어!"

듣고 있다 참을 수 없었던 레티시아는 큰 소리를 질렀다.

"아, 죄송합니다. 금방 준비하겠습니다."

레티시아는 손톱을 깨물었다. 가슴이 답답했고 머리에서 열이 났다. 자신이 초조해한다는 사실을 알 수 있었다.

'빅터가 결혼을 하다니, 그런 말, 그런 말 믿을 수 없어. 다음에 만나면… 물어봐야겠어…….'

열병식은 황궁의 발코니 앞에 펼쳐진 광장에서 열렸다. 이스칸리아의 전 군대가 들어오는 것은 무리였으므로 각각의 부대가 교대로 들어와서 열병식을 거행했다.

열병식에 앞서 마이셀과 레티시아는 오랜만에 아버지인 황제를 대면했다. 황자와 공주는 아버지와 포옹과 키스를 나누고, 무사한 모습에 서로 기뻐했다.

"병문안을 가지 못해서 미안하구나, 레티시아."

반년 만에 만난 아버지는 기억하고 있던 것보다도 훨씬 작고 핼쑥해 보였다.

몇 년 전쯤부터 이스칸리아 황제는 가슴에 병이 나서 대부분의 행사나 정무를 마이셀 황자에게 맡긴 채 북쪽 별궁에서 기거하고 있었다. 북쪽 별궁은 레티시아가 어릴 적에 세상을 떠난 어머니가 요양했던 곳이었다. 레티시아는 쇠약해진 아버지의 모습에 눈물이 날 것 같았다.

"저야말로 걱정을 끼쳐 드려서 죄송합니다."

이스칸리아 황제는 딸의 긴 머리칼을 자상하게 쓰다듬

었다.

"네 건강한 얼굴을 보니 수명이 느는 것 같구나. 이래서는 너희 어머니에게 가는 날이 늦어질지도 모르겠구나."

레티시아는 웃지 못할 농담을 하는 아버지의 손을 잡았다.

"가시게 하지 않을 거예요. 아버님께서는 제 곁에 있어 주셔야 해요."

"레티시아는 나이가 들어도 어리광쟁이구나."

그렇게 말하며 아버지는 기뻐했다. 마이셸 황자는 두 사람을 배려하며 발코니로 이끌었다.

세 사람이 모습을 나타내자 광장을 메운 군사들이 환호성을 질렀다.

레티시아의 눈길은 한 구석에 있는, 검은 망토를 입은 남자에게 쏠렸다.

빅터 일다 지마 천인대장이었다.

검은 갑옷에 검은 망토, 빛 속에서 그만이 그림자처럼 도드라져 보였다.

그 모습을 발견했을 때 레티시아는 묘한 부유감에 사로잡혔다. 마치 그 다부진 가슴에 안긴 것처럼.

"아……."

가슴이 두근거렸다.

문득 오늘 아침에 시녀로부터 들었던 이야기가 뇌리를

스쳤다.

"젊고, 지위가 높고, 독신인 데다 강하고. 게다가 이국적인 검은 머리칼과 검은 눈동자를 보면 매력이 철철 넘친대요."

나도 그런 것쯤은 알고 있었다.

"여자들한테 인기가 굉장해요."

하지만 그는 나의 무관이니까.

"신부를 맞이할지도 모른다고 하네요."

그런 건 몰라. 들은 적이 없어. 하지만 안 돼, 절대 안 돼. 빅터는 나의⋯ 나의⋯⋯.
"레티시아."
갑자기 마이셸이 레티시아의 어깨를 쥐었다.
"레티시아, 왜 그러니? 병사들에게 웃으면서 손을 흔들렴."
"아, 응."
정신을 놓고 있었다는 사실을 깨닫고 레티시아는 색색의 갑옷으로 몸을 감싼 군사들에게 황급히 손을 흔들었다. 병사들이 검을 흔들며 태양을 향해 치켜 올리자 반짝반짝 빛나는 칼끝에 광장이 빛의 바다를 이루었다.

"아……."

레티시아는 갑자기 공포에 휩싸였다.

눈앞에는 많은 군사가 있었다. 그들이 자신을 바라보고 있었다.

많은 군사의— 사내들의 눈.

흥분과 환호성에 휩싸여 자신을 보고 있다. 나를, 나의 모습을…….

"싫어……."

레티시아는 양손으로 자신의 가슴을 감쌌다.

"싫어… 싫어……."

"레티시아?"

마이셀이 여동생의 상태를 알아차렸다. 그리고 얼른 레티시아를 끌어안았다.

"왜 그러니? 몸이 안 좋은 거야?"

"아니… 무서워……."

레티시아는 오빠의 가슴에 매달렸다.

"무서워, 여기에서 데리고 나가줘. 그만할래……."

"레티시아, 알겠어. 이제 괜찮아, 내려가서 쉬자꾸나."

마이셀은 레티시아를 시녀에게 맡겼다.

병사들은 레티시아의 모습이 보이지 않게 되었는데도 황

제와 황자와 공주의 이름을 계속 외치고 있었다.

　"괜찮으세요? 공주님?"

　자신의 방에 돌아온 레티시아는 드레스를 입은 채 침대 위에 누워 있었다.

　시녀 마키아가 차갑게 적신 수건을 레티시아의 이마에 올려주었다. 그 싸늘한 감촉에 레티시아는 한숨을 후욱 내쉬었다.

　"으응, 이제 괜찮아⋯⋯. 오라버님께도 그렇게 전해 드려."

　"분명 사람들의 열기 때문이었을 거예요."

　"으응, 그럴 거야⋯⋯ 분명."

　그때 느꼈던 공포. 그걸 무엇이라 표현해야 할까. 공포뿐만이 아닌, 굉장히 불쾌하고 서글픈 느낌이었다.

　노크 소리가 들렸다. 방문객을 확인하러 간 마키아의 놀란 소리가 방에 울려 퍼졌다.

　"어머! 일다 지마 대장님!"

　그 이름에 레티시아는 퍼뜩 몸을 일으켰다.

　"안, 안 됩니다! 공주님은 지금 몸 상태가 안 좋으셔서—"

　"마, 마키아!"

　레티시아는 침대 위에서 담요를 움켜쥐고 소리를 높였

다.

"괜찮아, 빅터는 괜찮아. 들어오게 해!"

레티시아는 그렇게 말한 후, 서둘러 드레스의 매무새를
다듬고 머리를 확인했다.

'다행이야, 잠옷으로 갈아입지 않아서!'

빅터가 검은 망토를 입은 채 방으로 들어왔다.

"—레티시아."

"빅터."

"괜찮아? 상태가 안 좋은 것 같던데."

그 뒤에서는 마키아가 얼굴을 붉히며 황홀한 눈빛으로
빅터를 바라보고 있었다.

"마, 마키아. 물러나도 괜찮아."

"네에? 하, 하지만."

"됐으니까 가보렴. 빅터는 병문안을 와준 거야. 둘이서
이야기하고 싶어."

"네, 알겠습니다."

어딘가 불만스러운 표정으로 마키아는 고개를 숙이고 방
에서 나갔다.

빅터는 침대 곁으로 다가와 걱정스러운 눈으로 레티시아
를 내려다보았다.

"빅터… 일부러 와준 거야?"

"으응, 아래에서 보고 있었어. 괜찮은 거야?"

꽤 떨어져 있었는데도 자신의 상태를 알아봐 준 것이었다.

"응, 괜찮아. 현기증이었을 거야."

"그래……."

빅터가 바라보자 뺨이 뜨거워졌다. 광장에서 곧장 달려와 주었다고 생각하니 기뻤다.

"아직 병상에서 일어난 지 얼마 안 됐으니까 무리하지 마."

"좀 전엔 어쩌다 그랬던 거야. 이젠 다 나았어. 밭일도 할 수 있을 정돈데, 뭘."

밭일이라는 말에 빅터는 뭔가 생각하는 듯한 표정을 지었다.

"아아… 마이셀 황자님께서 한탄하시던 그건가."

"어머, 오라버니는 빅터한테 불만을 털어놓는구나."

"마이셀 황자님께선 널 걱정하시는 거야."

"…빅터도 걱정이야?"

레티시아는 눈을 힐끗 치켜 올리며 소꿉친구인 무관을 올려다보았다.

"당연하지."

무뚝뚝한 말투였지만 기뻤다.

그래, 빅터는 날 가장 생각하고 있어. 곁에서 계속 날 지켜줄 나의 검. 나한테 아무 말도 없이 결혼을 할 리가—

"저, 저기, 빅터."

마키아가 말했던 소문이 정말인지 물어봐야겠다고 레티
시아가 고개를 들었을 때였다.

방문이 열리며 마이셀이 들어왔다.

"레티시아, 몸은 어떠니?"

"오라버니."

"마이셀 황자님."

빅터는 얼른 침대에서 비켜나 가볍게 몸을 숙였다.

"아, 빅터. 와주었구나."

"네, 그럼 이만 실례하겠습니다."

"빅터……."

레티시아가 불렀지만, 그는 검은 망토자락을 휘날리며
문밖으로 나갔다.

"괜찮니, 레티시아?"

"……."

걱정해 주는 오빠도 지금은 방해꾼일 뿐이었다. 레티시
아는 볼을 부풀린 채 침대에 몸을 묻었다.

*　　　*　　　*

열병식이 거행되는 날은 황도의 축제이다. 열병식이 끝
난 후, 병사들은 시내를 행진한다. 가게마다 병사에게 술과
음식을 베풀고, 길거리에는 병사들과 춤을 추고 싶어 하는

처녀들로 가득하다.

　이날 연인이 되면 결혼까지 이어지는 경우가 많았으므로 젊은 남녀가 애타게 기다리는 날이기도 했다.

　"음악 소리가 들리네요."

　마키아가 창밖을 바라보며 말했다. 침대에 누운 채로 책을 읽고 있던 레티시아는 고개를 돌려서 그녀를 바라보았다.

　"…마을에 가도 돼."

　"네에?"

　"오늘은 축제잖아. 너도 재밌게 보내고 오렴. 젊은 사람들이 모여서 밤새도록 춤추거나 노래하는 날이지?"

　"아, 아닙니다. 전 공주님의 시중을 들어야지요."

　마키아는 아쉬운 듯 창문을 닫았다.

　"괜찮아. 오늘은 나도 이대로 쉴 테니까……."

　레티시아는 책을 덮고 중얼거렸다. 베개에 얼굴을 파묻은 채 그 사이로 목소리를 냈다.

　"오늘은 연인이 많이 탄생하는 날이라고 들었어. 남자도 여자도… 좋아하는 상대에게 고백한다고 하던데."

　"그렇다고 하네요……."

　"너도 좋아하는 사람이 있지?"

　레티시아는 머리카락 사이로 마키아를 힐끔 보았다.

　"얼마 전에 일다 지마가 멋있다고 했잖아. 마을에서…

그에게 고백하지그래?"

마키아는 얼굴이 빨개진 채 손을 휘휘 내저었다.

"그, 그런 실례를. 일다 지마 대장님에게 반한 여자들이 많긴 해도, 무리예요. 상대도 안 해주실걸요. 게다가 대장님은 관사에 돌아와 계세요."

"그래?"

레티시아는 퍼뜩 고개를 들어 올렸다.

"관사에 돌아왔어? 어째서? 마을에 나가서 놀면 될 텐데."

"그렇긴 한데, 돌아오셨다고 청소 관리인에게 들었어요. 분명 시끌벅적해서 싫으셨던 게 아닐까요?"

"⋯⋯그렇구나. 돌아왔구나."

레티시아는 또 다시 베개에 얼굴을 파묻었다. 그녀가 그 계획을 떠올린 것은 바로 그때였다.

해가 떨어지고 온 마을에 장식된 각등이 황도를 붉게 물들이는 밤에 레티시아는 조용히 자신의 방을 빠져나왔다.

수수한 드레스로 갈아입고 머리 위에 숄을 쓴 채 정원을 달렸다. 목표는 관사였다.

가는 길에 병사를 발견할 때마다 그림자에 숨거나 수풀에 몸을 감추며 지나쳤다.

관사는 황궁을 경비하는 병사들이 머무는 곳이다. 천인

대장인 빅터가 지내기에는 적합하지 않지만, 그는 전혀 개의치 않는다고 했다.

레티시아는 마키아가 가르쳐 준, 빅터가 묵고 있는 관사의 문 앞에 섰다. 가슴이 두근거렸다. 자신이 무엇을 하고 있는지 알 수 없었다.

여자가 한밤중에 남자의 방을 찾아오다니. 게다가 한 나라의 공주인 자신이.

'하지만 묻고 싶은 게 있는걸. 점심때는 오라버니가 방해를 했고, 다음엔 언제 만나게 될지도 모르고.'

레티시아는 숨을 크게 몰아쉬고 문을 두드렸다.

"누구지?"

안에서 말소리가 들리자 레티시아는 문에 얼굴을 대고 작은 목소리로 말했다.

"나야."

곧바로 문이 열리고 빅터가 놀란 얼굴로 서 있었다.

"레티시아 공주? 어째서 여기에?"

"방에 들어가게 해줘."

"……."

빅터가 망설이는 표정을 지었지만, 레티시아는 그 옆을 지나 방에 들어갔다. 빅터의 방에는 작은 난로와 침대, 그리고 조촐한 옷장 하나가 간소하게 놓여 있었다.

"무슨 일이십니까."

등 뒤로 빅터의 목소리가 들렸다. 얼굴을 잠시 보았을 뿐인데도 가슴의 요동은 이미 격렬해졌다. 레티시아는 돌아선 채 숄을 움켜쥐고 있었다.

"저, 저기, 오늘 병문안 고마웠어."

"그 말을 하려고 일부러?"

"아니야. 묻고 싶은 게 있어."

"무엇입니까?"

"나—"

내가 왜 이러는 걸까? 어째서 빅터의 얼굴을 보면 가슴이 콩닥콩닥거릴까?

"저기, 들었는데, 결혼한다며?"

"……네에?"

얼이 빠진 듯한 그의 목소리를 듣고 레티시아는 이윽고 돌아섰다.

"네가 신부를 맞이하기 위해 저택을 처분하고 새 저택을 짓는다 하던데."

"아아……."

빅터는 재미없다는 듯이 한숨을 쉬었다.

"그런 소문이 있다는 건 알고 있습니다. 하지만 그건 말도 안 됩니다. 저택을 처분한 것은 급하게 돈이 필요했기 때문입니다."

"그, 그래?"

"결혼할 생각은 없습니다."

단호한 그 말을 듣자 이번에는 다른 불안이 솟구쳤다.

"결혼할 생각이 없다니…… 어째서?"

"고지스와의 관계가 불안정한 상태입니다. 또 언제 큰 전쟁이 터질지 모르니 이런 때 결혼은 생각할 수 없습니다."

"그, 그건— 그럴지도 모르겠네."

"그래서 뭐지?"

빅터가 말투를 바꾸었다.

"그런 걸 물으려고 일부러 여기에? 다 큰 처녀가?"

어이가 없다는 듯한 그 말투에 레티시아는 손아귀의 숄을 구겨 쥐며 변명했다.

"그, 그건 나도 조심성이 없다고는 생각해. 하지만 빅터가 나한테 말도 없이 결혼을 한다고 하니까……."

"네 허락이 필요한 거야?"

빅터의 차가운 말에 레티시아는 무심코 얼굴을 들어서 그의 검은 눈동자를 바라보았다.

검은 머리칼, 검은 눈동자가 이국적이고 매력이 넘친다고—

시녀가 했던 말이 머릿속을 다시 빙글빙글 돌았다. 야성적이지만 반듯한 이목구비를 가진 빅터에게 여자들이 당연히 반하겠지. 하지만 난 훨씬 전부터 알고 있었다. 빅터가—

"허, 허락이 필요해. 당연하잖아."

"흐응, 처음 들었어."

"그, 그야 넌 천인대장이잖아. 그런 지위에 있는 사람이 아내를 맞이하려면 오라버니의 승낙이 필요해."

"마이셀 황자님의 승인은 그렇겠지. 하지만 네 허가는 필요 없어."

빅터는 레티시아에게 등을 돌리고 침대에 걸터앉았다. 검은색의 검을 손에 쥐고 칼집에서 날을 조금 빼내어 바라보았다.

레티시아는 빅터의 쌀쌀맞은 말에 몸이 굳어지는 것을 느꼈다.

"그, 그럼 빅터는 누군가 좋아하는 사람이 생기면— 마음대로 결혼할 거야?"

"……그렇겠지."

"나, 나한테는 소개하지도 않고?"

"내가 누굴 좋아하든 너랑은 상관없잖아?"

성가시고 화가 난 듯한 말투에 레티시아는 머리에 피가 거꾸로 솟았다.

"상관있어! 우린 계속 친구였잖아!"

"친구 말이지."

빅터는 과장스럽게 한숨을 지어 보였다.

"너 같은 어린애가 뭘 알아."

"어린애 아니야. 빅터는 늘 나를 어린애 취급하지만 열 살도 차이 안 나잖아! 나도 이제 어른이라고!"

레티시아는 빅터가 앉아 있던 침대에 다가가 그의 무릎 위에 손을 얹었다.

"—검이 있으니 위험한 행동은 하지 마."

빅터가 검을 검집에 넣었다.

레티시아는 움직일 수 없었다. 빅터의 단단한 다리 근육에 닿은 순간, 손끝에서 몸속으로 뜨거운 전율이 내달렸고, 짜릿짜릿한 쾌감이 한 곳을 향하여 나아갔기 때문이다.

"레티시아?"

어째서 빅터를 볼 때마다 이러는지 알 수 없었다. 단 한 가지 확실한 것은 지금 그가 나에게 무얼 해주었으면 하는 가였다.

"빅터……."

목소리가 떨리는 것을 멈추려고 하다 갈라지고 말았다.

"명령이야… 나한테 키스해."

빅터는 미간을 찡그렸다. 햇볕에 그을린 매끈한 이마, 가 늘고 높은 코, 얇은 입술, 짙은 속눈썹에 둘러싸인 날카로운 눈동자.

훨씬 이전부터 알고 있었다, 빅터가 멋진 남자라는 것을. 그가 천인대장이 되기 훨씬 이전부터—

"뭐라는 거야."

"난 애가 아니야. 하지만 아무리 말해도 넌 믿질 않잖아. 그러니까 가르쳐 주려는 거야."

"진심이야?"

"진심이야."

"네가 뭐라고 하는지 알고 있는 거지?"

"알고 있어."

빅터가 검을 침대 옆에 세웠다.

"……울어도 몰라."

빅터가 들어 올린 손이 레티시아의 얼굴에 닿았다. 몸이 굳어진 그녀를 가볍게 끌어당겨서 입술을 맞추었다.

입술을 살짝 스치는 입맞춤이었다.

"뭐, 뭐야."

눈을 감고 있던 레티시아는 얼굴을 붉히며 빅터를 노려보았다.

"이런 건 애들이나 속일 수 있어! 전혀 진심이 담긴 키스가 아니잖아."

빅터가 레티시아의 뒤통수를 잡고 얼굴을 세게 끌어당겼다. 부딪힐 듯한 기세로 입을 맞추고 그대로 뒤집어서 침대에 밀어뜨렸다.

"으응— 으……!"

뜨거운 혀끝이 뚫고 들어와 치아를 넘었고 입천장을 핥

았다. 혀가 스르르 닿은 순간, 가득 차서 흘러넘치던 둑이 무너졌고, 다리 사이의 깊숙한 부분이 젖기 시작했다. 레티시아는 몸을 떨며 키스를 받아들였다.

"으음……."

숨을 쉴 틈조차 허락하지 않는 진한 키스였다. 괴로울 정도였지만 이 맛과 열기를 레티시아는 알고 있었다.

레티시아는 내던져져 있던 양팔을 빅터의 어깨에 걸치고 매달렸다. 빅터의 손이 몇 번이고 레티시아의 머리칼을 쓸어 올렸다. 이 동작도—

"……으음."

이윽고 빅터가 얼굴을 떼자 레티시아는 괴로운 숨을 내뱉었다. 눈을 뜨자 무서울 정도로 진지한 눈길이 가까이에 다가와 있었다.

"내가."

빅터가 입술 끝이 닿은 채로 말했다.

"진심으로 갖고 싶은 여자는 한 명뿐이야."

"아……."

"이리스. ……내 아내다."

"이… 리스……?"

그 이름이 기억 속의 어딘가 깊은 부분을 스치고 지나갔다. 분명히 아는 이름이었다. 하지만…….

"누구……?"

레티시아의 말에 빅터는 천천히 몸을 떼고 일어났다. 그리고 침대에 누워 있던 레티시아의 손을 잡아당겨 일으켜 세웠다.

"네가 어린애가 아니란 건 잘 알았어. 이제 됐을 테니 더 이상 날 상관하지 마. 넌 공주고, 난 가신이야."

빅터는 레티시아의 몸을 밀어서 문 너머로 쫓아냈다.

"빅터!"

문이 닫히기 직전에 레티시아가 외쳤다. 하지만 살짝 열린 문틈 너머로 보이는 표정은 변함없었고, 문은 그대로 닫히고 말았다.

레티시아는 하염없이 서 있었다. 차가운 바람이 몸을 괴롭혔고, 머리카락이 눈에 엉겨 붙었다.

다만 입맞춤을 했던 입술만이 불타는 듯했다.

제8장
추억의 인연

"지금 뭐라고 했니, 레티."

집무실에서 책상을 향해 앉아 있던 마이셀은 여동생의 말에 펜을 멈추고 돌아보았다.

집무실은 마이셀이 국왕 대리로서 여러 가지 정무를 수행하는 공간으로, 커다란 창문과 책장, 그 외에 그가 피로를 풀 수 있는 소파 정도밖에 놓여 있지 않았다.

그 소파의 팔걸이에 레티시아는 얼굴을 숙여 몸을 뻗고 있었다.

"시집가고 싶다고 했어."

될 대로 되라는 듯한 말투로 레티시아는 반복해서 말했다.

"갑자기 왜 그러니? 예전엔 아직 결혼하고 싶지 않다고 했잖니."

"마음이 바뀌었어. 나도 이제 충분히 결혼할 수 있는 나이잖아? 상대는 아무나 괜찮아."

"누구라도 괜찮다니, 너답지 않구나."

마이셀은 일어나서 레티시아가 버릇없이 누워 있는 소파의 팔걸이에 걸터앉았다.

"어차피 황실의 딸이 결혼한다는 건 영토를 늘리기 위한 수단이나 다름없잖아? 그렇다면 누구라도 괜찮아. 이 나라 밖의 사람이라면."

시무룩하게 내뱉은 말투에 비아냥거리는 듯한 느낌은 담겨 있지 않았지만, 마이셀은 미간을 찡그렸다.

"누가 그런 말을 했니? 아니면 네가 진심으로 그렇게 생각하는 거니? 난 네가 행복한 결혼을 했으면 좋겠구나."

"……그랬지. 누가 말했어. 하지만 누가 말했는지 기억은 안 나."

레티시아는 몸을 일으켜 오빠의 무릎 위에 손을 얹었다.

"하지만 오라버니. 나 진심이야. 시집가고 싶어. 이 나라에서 나가고 싶어."

"귀여운 내 동생. 난 되도록 네게 어울리면서 네가 사랑하는 남자를 고르고 싶구나."

"그럼 지금 당장 골라줘! 지금 당장 내가 사랑할 만한 사람을 구해달라고!"

"레티… 대체 무슨 일이니?"

빅터에게 차갑게 내쫓긴 이후, 레티시아는 그를 향한 사랑에 눈을 떴다.

어릴 적부터… 아마도 처음 만났을 때부터, 검은 눈동자와 검은 머리칼에 검은 검을 가지고 싸우는 그에게 매력을 느꼈던 듯하다.

열세 살 때부터 오랜 시간 동안 늘 가까이에 있었기 때문에 몰랐다. 그와 함께 있으면 기분이 들떴던 것도, 즐거웠던 것도, 빅터가 특별한 가신이기 때문이라고 생각했다.

곤란할 때마다 늘 구해주던 사람, 자신을 지켜주었던 사람, 진심으로 꾸짖고 화내며 자상하게 웃어주던, 가장 가까웠던 이민족 무인.

늘 곁에 있어주리라고 생각했다.

하지만 자신의 모든 것을 거부당하고 처음 알게 되었다. 빅터가 갖고 싶고, 그를 사랑하고 있다고.

하지만 그에게는 사랑하는 이가 있었다.

이리스.

상냥한 느낌의 이름을 가진 이. 자라 국의 말로 하얀 꽃이라는 뜻이라고 가르쳐 준 사람은 누구였을까.

알 수 없지만 왠지 그리운 그 어감.

빅터의 마음속에 있는 단 한 명의 여자. 빅터의 아내. 그는 그 사람 외에는 필요하지 않았다.

그런 건 모른다. 들은 적이 없다.

내가 기억을 잃은 사이에 알게 된 거야? 어째서 알려주지 않은 거야?

빅터는 분명 그 사람을 아내로 맞이할 것이다. 둘이서 함께 행복하게 살아갈 것이다. 그런 모습은 보고 싶지 않다. 그렇다면 내가 이 나라를 떠나는 수밖에 없다.

레티시아는 하루 종일 방에 틀어박혀 훌쩍훌쩍 울거나 큰 소리로 울부짖으며 쿠션이나 베개를 두드렸다. 또는 시녀 마키아의 만류에도 불구하고 바닥을 청소하거나 창문을 닦았다.

몸을 움직이면 조금이나마 기분이 풀어졌기 때문이다.

손을 움직이지 않으면 빅터가 떠올랐다. 떠오르면 몸이 욱신거려서 어이없는 짓을 저지를 것 같았다. 그런 자신이 가엾고 비참해서 레티시아는 몸을 더욱 혹사시켰다. 우선 지금 가장 열중할 수 있는 일은 정원 손질이었다.

성의 많은 사람들이 눈이 녹은 정원의 밭을 일구며 드레스를 흙투성이로 만드는 레티시아의 기이한 행동을 알게 되었지만, 그 나이대의 여자아이가 할 만한 일이라고 생각하여 굳이 간섭하지 않았다.

동생의 그러한 소문이 퍼져 가던 중, 마이셀은 한 번 더 그녀를 집무실에 불렀다. 레티시아는 창백한 얼굴로 유령처럼 휘청대며 찾아왔다. 식사도 거른다는 이야기가 사실인 듯했다. 평소라면 밝게 빛나고 있었을 은빛 머리칼도 칙칙한 잿빛이다.

"기운이 없어 보이는구나."

"내 일은 내버려 둬도 괜찮아. 그보다 결혼 상대는 찾았어?"

레티시아는 바닥에 시선을 떨어뜨린 채 말했다.

"찾고는 있지만."

마이셀은 실제로 몇몇 나라의 왕족이나 대귀족의 자식에 대해 자세히 알아보고 있었다.

"나와 아버님은 아직 널 곁에 두고 싶어 한단다. 네가 이 나라를 떠난다면 슬플 거야."

"하지만 나."

레티시아의 푸른 눈동자가 어둠에 잠겨 있었다.

"난 필요 없는 사람이야."

"무슨 말을 하는 거니?"

"필요 없어. 그 사람에겐 필요 없는걸."

"그 사람?"

마이셀의 말에 레티시아는 퍼뜩 고개를 들었다.

"아무것도 아니야. 잊어버려, 지금 했던 말."

"레티시아."

"오라버니, 나 피곤해. 이야기는 다음에 또 해."

레티시아는 드레스 자락을 잡고 서둘러 방을 나섰다.

"······."

마이셀은 레티시아를 향해 뻗은 팔을 내렸다. 손끝에 그녀의 머리카락 한 올이 엉킨 채 날리고 있었다. 마이셀은 그 은색 실을 등불에 비추었다.

"그 사람······? 레티시아가 사랑에 빠진 건가?"

레티시아에게는 두 명의 언니가 있다. 한 명은 이스칸리아의 동맹국인 앗사라에 시집간 알리시아 왕비였고, 또 한 명은 이스칸리아의 대귀족 단겔 백작에게 시집간 에셀리시아였다.

그 에셀리시아가 많은 하인과 드레스와 손님을 이끌고 황궁에 찾아왔다.

에셀리시아가 온다고 하자 황궁은 부산스러워졌다. 복도란 복도는 얼굴이 비칠 정도로 닦았고, 창문은 다이아몬드처럼 광을 냈다. 겨울임에도 싱싱한 꽃으로 방을 장식했고, 요리사의 수도 배로 늘렸다.

레티시아도 오랜만에 언니를 만난다고 생각하자 마음이 조금 들떴다. 성격이 느긋한 레티시아와 달리 에셀리시아는 다소 성미가 급하고 앞서 나가는 경향은 있지만, 두 자매는 사이가 좋았다.

시집간 이후 십 년 동안, 그녀가 황궁에 돌아온 것은 겨우 세 번이었다..

이윽고 에셀리시아의 화려한 행렬이 성에 진입했고, 결혼 생활로 살이 조금 오른 언니가 마차에서 내렸다.

"언니!"

"레티시아!"

자매는 서로에게 달려가서 얼싸안았다.

"무사해서 다행이야. 계속 걱정했단다."

"미안해요. 이젠 완전히 건강해졌어요."

에셀리시아는 레티시아를 꼭 끌어안았다.

"너도 이제 전쟁터에 나가는 건 그만두려무나. 아무리 네가 행운의 여신이라고 하지만 일단 여자아이니까! 다치면 시집도 못 가게 되니 큰일이란다."

"언니, 고마워요."

둘은 사이좋게 손을 잡고 파티가 열리는 연회장으로 나아갔다. 연회장에서 마이셀 황자가 기다리고 있었다.

"아버님은 건강하시니?"

"열병식이 끝나고 북쪽 별궁으로 돌아가셨어요. 여유가 있다면 병문안이라도 가면 어떨까요?"

"그렇구나……."

아버지를 대신하여 왕좌에 앉아 있던 마이셀이 일어나서 누님을 맞이했다.

"에셀리시아 누님. 오랜만입니다. 건강해 보이셔서 정말 다행입니다."

"마이셀 황자, 너도 건강해 보여서 다행이구나. 금빛 머리칼이 태양처럼 빛나는구나."

남매는 뺨에 키스를 나누었다.

"오늘은 너희들에게 줄 멋진 선물이 있단다."

"선물, 이라니요?"

마이셀과 레티시아는 얼굴을 마주 봤다.

"응, 특히 레티시아는 기대하렴. 어, 왔구나."

연회장의 문이 열리고 낯선 풍채의 청년이 다가왔다.

커다란 타조 깃털을 장식한 모자에 새를 멋지게 자수 놓은 망토, 금실로 엮은 조끼에 지나치다고 여겨질 만큼 무늬가 들어간 바지.

만면에 미소를 띤 그 인물은 마이셀과 레티시아의 앞에서 우아하게 인사했다.

"처음 뵙겠습니다. 자라 국에서 왔습니다. 코자 아란체 발모어입니다.

코자는 레티시아에게 친근감이 담긴 미소를 지었다.

"아름다운 레티시아 공주님. 손에 키스해도 될까요?"

"네에. 뭐."

레티시아가 내민 손을 잡고 코자가 속삭였다.

"그 이후로 처음 뵙는군요. 기억은 완전히 되찾으셨나요?"

"네에?"

에셀리시아는 코자의 곁에 다가와 등에 손을 얹고 동생들을 해맑은 얼굴로 돌아보았다.

"우리 남편, 단겔 백작과 코자 왕자의 어머님의 친척이 교류가 있어서 며칠 전부터 왕자가 우리 저택에 머물고 있었단다. 나와 코자 왕자는 절친한 사이란다. 그래서 오늘 두 사람에게 꼭 소개를 하고 싶었어. 레티시아, 코자 왕자에게 정원을 안내하렴."

"네, 언니."

레티시아와 코자가 연회장에서 정원으로 내려가는 것을 보고 에셀리시아는 남동생에게 속삭였다.

"저기… 어떠니?"

"어떻다니요?"

"둔하기는. 난 레티시아가 코자 왕자에게 시집가면 어떨까 싶은데."

마이셀이 깜짝 놀라며 누나의 얼굴을 바라보았다.

"자라는 중립국인 데다, 코자 왕자가 제삼왕자이긴 해도 코자 왕자의 영지에 레티시아가 시집을 가면… 고지스에 강한 압박을 줄 수 있을 거야."

"누님……."

"나이대도 맞고 괜찮지 않을까?"

마이셀은 멀리서 한들거리는 타조 깃털 장식을 보며 중얼거렸다.

"저건 레티시아의 취향이 아닌데……."

레티시아는 등불로 장식된 정원을 코자와 걸었다. 코자는 이스칸리아와 레티시아의 아름다움에 대해 장황하게 늘어놓다가 이윽고 주변에 아무도 없는 것을 확인하고 발길을 멈추었다.

"당신이 정말 레티시아 공주일 줄이야. 놀랐습니다."

"무슨 말씀이신가요? 코자 왕자님."

"시치미 뗄 생각이신가요? 난 당신에게 거절당한 이후로 잠을 이룰 수 없을 만큼 상심에 빠졌는데, 대체 어떻게 발렌시아 마을을 빠져나갔나요?"

"……처음 뵙는 게 아닌가요, 코자 왕자님?"

레티시아의 말에 코자 왕자는 고개를 갸웃하더니 이윽고 무언가 납득했다는 듯 끄덕였다.

"역시 그렇군요. 당신은 없었던 일로 하기로 했군요. 분명 한 나라의 황녀가 겪은 일로서는 숨기고 싶을지도 모르겠군요."

"조금 전부터 무슨 말씀을 하시는 건가요?"

레티시아는 점점 조바심이 났다. 무엇보다 조금 전부터

시야 한 구석에서 흔들리고 있는 저 타조 깃털 장식이란! 크다고 다 좋은 게 아닌데 말이다. 이스칸리아에는 이런 한심스러운 장식을 다는 남자는 없다고!

마음속으로 욕설을 퍼부으며 레티시아는 코자를 노려보았다. 그러나 왕자는 개의치 않는 표정으로 레티시아의 손을 잡았다.

"레티시아 공주. 전 당신을 처음 만난 순간부터 당신의 아름다움에 고개를 들 수 없었습니다. 저와 결혼해 주시지 않겠습니까?"

"네에?"

"전 자라 국의 아란체 영토를 국왕께 위임받았습니다. 저와 결혼하면 이스칸리아는 아란체 지방을 영토로 삼을 수 있겠지요. 이건 고지스를 향한 큰 견제가 될 수 있을 겁니다. 이스칸리아로서는 유익하겠지요."

레티시아는 코자에게서 손을 뺐다.

"그래서 당신은 뭘 원하는 거지요? 코자 왕자."

"전 당신밖에 원하지 않습니다. 레티시아 공주."

"거짓말쟁이."

레티시아는 코자에게서 한 걸음 물러났다.

"날 이용해서 이스칸리아의 중추에 잠입할 힘을 얻고 싶은 거죠? 이스칸리아에도 자라와 마찬가지로 여성을 매매하는 마을을 만들 생각인가요?"

싱글대던 코자의 얼굴에서 웃음기가 사라졌다.

"당신은, 제가 언제 그런 말을 했다고……."

레티시아는 눈을 크게 떴다. 그렇다, 분명히 언제 그런 말을 들었다는 걸까. 코자 왕자와는 첫 대면일 터였다. 하지만 레티시아는 그의 입으로 그렇게 말하던 목소리도 어조도 기억하고 있었다.

"그건… 내가 듣고……."

"언제 말인가요? 발렌시아에서였나요?"

"발렌시아? 그런 곳… 모르겠네요……."

코자가 몸을 돌리려던 레티시아의 손을 잡고 억지로 자신의 팔 안으로 끌어안았다.

"놔, 놔줘!"

"방심할 수 없는 분이로군요. 점점 당신이 갖고 싶어지네요."

레티시아는 코자의 품속에서 몸을 비틀었다.

"놔줘요! 실례잖아요, 코자 왕자!"

"실례? 하하하. 예전의 당신은 날 동경과 경애의 눈길로 바라봐 줬는데."

"그랬던 기억 없어요!"

"야속한 분이로군요. 그렇다면 그때의 이름으로 불러 드릴까요?"

코자는 레티시아의 뺨에 입술을 갖다 대고 속삭였다.

"……이리스."

"……?!"

레티시아의 내부에 번개와 같은 충격이 일었다.

"지, 지금… 뭐라고 하셨나요?"

"당신이 예전에 제게 밝혔던 이름 말입니다. 기억을 잃은 농민의 딸, 노예시장에 팔린 아가씨, 이리스……."

이리스.

그 이름은.

"거짓말……."

레티시아는 코자의 품속에서 굳은 채 몸을 떨었다. 코자는 레티시아가 체념했다고 생각했는지 빙긋이 웃으며 레티시아의 턱에 손을 가져다 댔다.

"아름다운 레티시아. 그리고 이리스……. 내 것이 되어주오."

코자는 레티시아의 입술에 자신의 입술을 포개려고 했다. 그 순간 레티시아의 머리가 움직여 코자의 코에 이마를 힘껏 박았다.

"으아앗!"

코자는 레티시아를 떼어놓고 눈이 한창 녹고 있는 진흙

속에 엉덩방아를 찧었다.

"난 당신이 정말 싫어요!"

레티시아는 그렇게 외치며 정원을 달렸다.

"빅터! 빅터! 열어줘!"

황궁을 빠져나와 사람들의 눈에 띄지 않게 관사에 찾아온 레티시아는 빅터의 방문을 두드렸다. 하지만 답이 없었다. 문을 밀자 열려서, 레티시아는 그대로 방에 들어갔다.

"빅터―"

그에게 쫓겨난 이후로 오지 않았던 이 방은 변함없이 휑하고 싸늘했다. 방주인도 없고, 가슴속에 품은 궁금증을 털어놓을 상대도 없이, 레티시아는 실내에 우두커니 서고 말았다.

"빅터, 코자 왕자가 날 이리스라고 불렀어. 이리스, 그건 네가 사랑하는 사람의 이름이잖아. 어째서? 어째서 코자 왕자가 날 이리스라고 부른 거야? 빅터, 말해줘, 말해줘……!"

레티시아는 중얼거리며 빅터의 침대에 몸을 던졌다. 며칠 전 입맞춤을 당했던 이 침대, 여기에서 그는 나를 거부했다.

용솟음치는 감정을 그대로 실어 시트를 움켜쥐자 베개가 조금 흐트러졌다. 그 아래에 무언가 빛나는 물건이 있었다.

"......."

레티시아는 고개를 들어 그 빛나는 물건을 보았다. 칼자루였다. 작은 검, 비수인 듯했다.

"이건……."

자잘한 조각이 새겨진 아름다운 비수, 바로 은장도였다. 시집가는 딸에게 어머니가 쥐어주는, 마음이 담긴 소중한 검.

"아, 아, 아……."

그 검이 닿은 순간, 온몸이 찌릿하게 저려왔다. 그 알싸한 느낌은 검과 닿아 있는 손끝을 통해 가슴에 도달하여 심장을 고동치게 했다. 이윽고 허리에 도달했고 양쪽 다리 사이의 비밀스러운 부분을 애타게 했다. 그리고 머리에 도달하여 지금까지 열쇠로 잠긴 채 봉인되어 있던 기억의 상자를 힘껏 열어젖혔다.

"아아… 앗!"

레티시아는 은장도를 양손으로 부여잡고 가슴에 내리누른 채 외쳤다. 단숨에 기억이 되살아났다.

"빅, 빅터… 빅터……! 이리스는… 이리스는……!"

등 뒤에서 문이 덜컹하고 세차게 열렸다.

"뭐하는 거야, 레티시아!"

빅터가 서 있었다.

"그 비수에 손대지 마! 그건 내가 목숨보다 소중히 여기는 검이야. 아무리 너라도 용서할 수 없어!"

빅터는 성큼성큼 방에 들어와 침대 위에 있던 레티시아에게서 검을 빼앗았다.

"빅터……."

레티시아는 이를 악물고 신음하듯이 그의 이름을 불렀다.

"목숨보다… 소중하다고……?"

"그래."

"그게… 내 검이니까……?"

레티시아의 말에 이번에는 빅터가 멈칫했다.

"네가 나한테 준… 은장도니까? 나한테… 이리스한테……."

"레티시아……?"

레티시아의 눈에서 눈물이 뚝뚝 흘러내렸다.

"빅터… 나, 나… 기억났어……. 내가— 이리스였어. 내가 네 아내였어……!"

"레티……."

레티시아는 침대에서 벌떡 일어나 여전히 굳어 있는 빅터에게 매달렸다.

"기억났어! 기억났다고! 내가 이리스! 이리스였어!"

"레티……!"

이윽고 빅터의 팔이 움직여 레티시아의 등을 감쌌다. 온 힘을 다해 껴안았다.

"아아… 빅터……!"

눈물로 흠뻑 젖은 레티시아의 뺨에 빅터는 몇 번이고 입을 맞췄다. 그의 눈에도 무언가가 빛났다.

"빅터, 사랑해, 사랑해……!"

"레티시아……!"

긴 여행과 같았다. 어둠에 갇힌 길고 긴 동굴을 빠져나온 느낌이었다. 레티시아로서 살아온 인생과 이리스로서 보내온 시간이 그녀의 내부에서 하나가 되었다.

웃음과 울음이 뒤섞인 얼굴로 올려다보자, 빅터의 눈동자는 검은 속눈썹에 물방울을 머금고 있었다. 늘 가까이에서 보았던 가장 좋아하는 밤의 눈동자. 이 눈이 레티시아로서 보낸 세월과 이리스로서 보낸 시간을 늘 지켜봐 주었다.

"빅터……."

레티시아가 한숨에 실어서 이름을 부르자, 빅터는 가만히 눈을 감고 고개를 숙여 그녀의 입술에 자신의 입술을 덮었다.

"으응……."

자상한 키스였다. 얼마 전과는 맛도 느낌도 달랐다. 전혀 달랐다.

살며시 들어오는 혀를 강하게 빨아들인 후 과감하게 휘감았다. 서로의 손이 조급한 듯 등을 세차게 끌어안았다.

가슴과 가슴을 맞대고 몸을 빈틈없이 밀착시켰다.

녹아 버릴 것 같아, 하나가 되고 싶어, 이젠 떨어지고 싶지 않아.

"아아……."

살짝 입술을 떼고 숨을 돌렸다. 그러고는 시간이 아깝다는 듯 다시 입을 맞추었다.

"계속 꿈을 꿨어……."

입을 맞추는 동안에 레티시아는 숨이 가빠졌다.

"꿈속에서 누군가 내 이름을 불렀어……. 대답하려고 했지만… 그게 누구인지 알 수 없었어……. 그게… 너였던 거구나."

"마음속으로 네 이름을 계속 부르고 있었어."

빅터도 입술을 뗐다.

"하지만 아무것도 기억하지 못하는 네가 두려웠어."

"천인대장이면서."

레티시아는 훗 하고 웃었다.

"말해주질 그랬어."

"느닷없이 널 아내라고 부르면서, 우린 계속 한 침대를 썼다고 말하라는 거야? 목이 성하지 못했을걸."

"빅터처럼 소중한 사람에게 그럴 리가 없어."

레티시아는 몸을 살짝 뗀 후 빅터의 검은 눈동자를 바라보았다.

"이제 알겠어. 나 훨씬 전부터, 이리스가 되기 전부터 널 좋아했어. 몰랐지?"

"몰랐어."

빅터가 순순히 답하자 레티시아는 그의 가슴을 주먹으로 때렸다.

"그럴 때는 몰랐더라도 알았다고 하는 거야."

"넌 어린애였으니까."

"또 어린애 취급이야."

입을 뾰족하게 내민 레티시아를 빅터는 자상한 눈길로 바라보았다.

"난 그냥 네가 마음에 들어 하는 무관이라고 생각했어. 신기한 이민족 무인이라고."

"그것도 그랬지만……."

레티시아는 빅터의 가슴에 얼굴을 가져다 대고 몸을 꼬옥 끌어안았다.

"하지만 지금은 나한테 소중한 사람이자 사랑하는 남편이야. 나의— 서방님."

"코자 왕자는 어떻게 할 거야?"

빅터의 차분한 목소리에 레티시아는 미간을 찡그렸다.

"그런 사람, 정말 싫어. 키스하려고 해서 이마로 코를 박아줬어. 유키야나기 마을에서 배웠어. 박치기라고 한다며?"

레티시아는 키득키득 웃었다.

"하지만 그 사람 덕분에 기억을 되찾았으니까 용서해 주는 것도 괜찮아."

"결혼 이야기가 나왔지?"

빅터의 말에 레티시아는 고개를 들었다.

"알고 있었어?"

"에셀리시아님이 젊은 남자를 데리고 왔다는 건 맞선이 아닐까 하고 다들 이야기했어."

"사양할래. 언니한텐 미안하지만, 난 이미 훨씬 전부터 몸도 마음도 네 아내인걸."

"레티시아……."

빅터는 양손으로 레티시아의 뺨을 감싸고 깊게 입을 맞췄다. 서로의 혀를 휘감아 타액을 흘리고 숨결을 주고받으며, 레티시아는 빠진 부분이 하나하나 채워지는 느낌이 들었다.

"빅터……."

레티시아가 입술을 떼고 속삭였다. 그러고는 기대를 담아서 빅터를 올려다보았다. 지금 당장 안아주었으면 했다. 부족한 반쪽을 되찾고 싶었다. 빅터의 듬직한 팔에, 뜨거운 가슴에 안기고 싶었다. 그를— 갖고 싶었다.

빅터는 그런 그녀의 얼굴을 지그시 바라보고 있다가 이윽고 눈을 감은 채 어깨에 양손을 얹고서는 몸을 떨어뜨렸다.

"……미안해."

"빅터?"

"기뻐서… 이성을 잃었어……."

레티시아는 어리둥절했다.

"응? 무슨 말이야……."

그런 그녀에게 빅터는 자세를 바로잡고서 가슴에 손을 얹고 말했다.

"방으로 돌아가 주십시오. 레티시아 공주님."

"빅터!"

레티시아는 빅터가 선을 긋는다는 것을 알았다. 기억을 잃었던 이리스였을 때의 자신과, 황녀라는 위치에 있는 레티시아인 자신의 사이에서.

"빅터! 너무해, 너무해! 사랑한다고 했잖아!"

"지금은…… 안 돼."

"겨우 기억이 났는데! 사랑한다고 말했는데!"

레티시아는 눈물을 글썽이며 빅터의 가슴을 자그마한 손으로 두드렸다.

빅터는 그 손을 양손으로 감쌌다.

"그때와는 달라……."

"……아."

레티시아는 다시 큰 소리를 지르려고 했지만 아픔을 참는 듯한 빅터의 얼굴을 보고 삼켜야 했다.

빅터의 충성심이 얼마나 두터운지, 자신과 오라버니를

얼마나 소중하게 여기는지 레티시아는 잘 알고 있었다. 그런 그를 몰아세울 수 없었다.

레티시아의 손이 힘없이 미끄러져 내렸다.

"그래도 사랑해……."

오열을 참고 레티시아가 속삭였다.

"시집 같은 거 안 갈 거야. 계속 이 나라에 있을 거야. 네 곁에 있을래. 난 네 아내인걸. 이어질 수 없더라도 만질 수 없더라도 네가 있는 곳이 내가 있을 곳이야."

"레티시아……."

"아니……."

레티시아는 뺨에 눈물을 반짝이며 고개를 들었다.

"난 이리스야. 너만의 이리스."

*　　　*　　　*

그날 밤의 연회에서 있었던 일이다.

레티시아는 같은 테이블에 앉아 있던 코자 왕자가 성가시게 걸어오는 말에 어영부영 답했다. 생각나는 것은 빅터밖에 없었다.

빅터를 위해 이 남자와의 결혼만큼은 반드시 피해야 한다. 어떻게 해야 이 사람을 돌려보낼 수 있을까.

인형처럼 단정하고 말끔한 얼굴은 마치 가면 같았고, 입에서 나오는 말은 저속한 잡음 같았다. 온몸을 휘감은 복장의 무늬 또한 악취미라서 눈이 따가웠다.

동석하고 있는 이유는 오직 에셀리시아에 대한 의무감 때문이었다.

"……중요한 이야기가 있습니다, 레티시아 공주. 이 이야기를 들어주신다면 저는 제 나라로 돌아가겠습니다."

이윽고 코자 왕자가 무언가 솔깃할 만한 이야기를 했다. 내쫓을 수 있다면 어떤 역겨운 말이라도 참겠다고 생각하며 레티시아는 고개를 끄덕였다.

"그럼 둘이서 대화할 수 있는 장소가 없을까요?"

"……이번에도 정원이 괜찮을까요?"

방에 들이는 것만은 피하고 싶었다. 정원이라면 익숙한 도피처였다.

"상관없습니다."

코자 왕자가 에스코트를 할 생각으로 팔꿈치를 내밀었지만, 레티시아는 매정하게 지나쳐서 얼른 먼저 정원에 내려갔다.

"그래서 이야기는 뭔가요?"

"……아름다운 레티시아 공주. 당신은 제 청혼을 받아들일 생각이 없으신 거군요."

"물론이에요. 타조 깃털 장식을 단 코자 왕자님."

"그럼, 말을 좀 바꿔보겠습니다. 거래에 응하지 않겠습니까?"

"거래라니요?"

코자는 양팔로 뒷짐을 진 채 레티시아의 앞을 몇 발 걸어 나갔다.

"당신이 반년 동안 이리스로 살았던 것, 그리고 가신인 빅터 일다 지마 천인대장과 부부나 다름없는 생활을 했던 것. 전 이걸 묵인해 드리겠습니다. 그 대신에 당신은 자라 국에 와야 합니다."

"……아."

레티시아는 숨을 머금었다. 이리스라는 사실은 자신이 말했기 때문에 아는 것이 당연했지만, 빅터와의 일은 어째서 알고 있는 것일까.

"당신을 쫓아 정원에서 관사로 갔습니다. 그리고 그곳에서 당신과 천인대장이 나누는 이야기를 들었습니다."

"엿들었던 건가요?!"

붉어졌던 레티시아의 얼굴이 연이어 새파래졌다. 코자는 검지를 세워서 빙글빙글 돌렸다.

"그 남자의 도움으로 발렌시아의 저택에서 도망쳤던 거 군요. 노련한 사내라고 들었습니다."

"……"

"나머지는…… 그렇죠, 당신이 노예로 시장에서 팔릴 뻔했던 것도 굉장한 추문이지 않나요?"

그 말에 이리스는 뒤통수를 얻어맞은 듯한 충격을 받았다.

"노, 노예가 아니에요."

"유흥가의 노예시장에 나와서 돈에 팔렸다면 노예가 아닌가요?"

"산 건 빅터였어요! 나를 구하기 위해서……!"

"가신이 주인을 돈으로 사다니. 그것만으로도 반역죄입니다. 게다가 노예로 데리고 다니며 끝내 순결까지 빼앗다니. 당신의 아버님이나 오라버니, 혹은 언니가 알면 일다지마는 어떻게 될까요? 명예로운 천인대장이."

"협박할 생각인가요?"

"거래라고 하지 않았나요? 일다 지마를 처형시킬 생각이신가요?"

코자는 가면을 쓴 얼굴에 능글맞은 웃음을 띠웠다.

"당신이 노예였다는 사실과 천인대장에게 정조를 빼앗겼다는 사실, 지금까지 그와 밀회를 지속하고 있다는 사실. 제 가벼운 입을 막으려면 당신의 입술로 봉인해야 할 겁니다."

코자는 자신의 입술을 가리켰다.

"자, 저와 함께 자라 국으로 가겠다고 하시죠. 저의 아내가 되겠다고. 그리고 맹세의 입맞춤을 저에게 해주시죠."

"……."

레티시아는 너무나도 분노한 나머지 드레스 자락을 잡고

부들부들 떨었다.

"웃기지 마요. 그런 거래에 응할 마음은 없으니까요."

"오라버니께 말씀드려야겠군요."

레티시아는 얼굴을 내밀고 코자를 노려보았다.

"얼마든지 마음대로 하시죠. 안타깝게도 오라버니는 빅터를 굉장히 신뢰하고 있거든요. 당신이 뭐라 해도 그를 처형시키지는 않을 거예요."

"꽤 자신만만하시군요."

레티시아는 눈에 힘을 주고 입술로만 억지웃음을 지었다.

"우리가 얼마나 많은 시간을 함께 보냈는지 당신이 알고는 있나요? 나도 오라버니도 빅터를 굉장히 아껴요. 아무것도 모르는 사람에게 그런 말을 듣는다 한들 우리의 신뢰는 흔들리지 않아요. 게다가."

레티시아는 숨을 크게 들이쉬고 또렷하게 말했다.

"내가 노예였다고 말한들 누구도 믿지 않을 거예요. 당신에 대한 평가만 나빠질 뿐이겠죠."

"흐음⋯⋯."

코자는 오른손 위에 왼쪽 팔꿈치를 얹고서 손끝으로 자신의 턱을 당겼다.

"평소에는 이 정도 하면 상대가 내 말에 따라주는데, 당신은 꽤 만만치 않군요."

"반년 동안 고생했으니까요. 온실 속의 화초라고 생각하지 말아주었으면 하네요."

코자는 타조 깃털 장식이 달린 모자를 벗어서 가슴에 대고 과장스럽게 인사를 했다.

"이거 참 실례했습니다, 레티시아 공주님. 알겠습니다. 그럼 다른 방법을 생각해 보도록 하죠."

"자라 국으로 돌아가는 거죠?"

"으음, 어떻게 할까요?"

"돌아간다고 말해요!"

"이래 봬도 한 나라의 왕자입니다. 목표를 달성하지 않고서는 귀국할 수 없습니다."

"─거짓말쟁이!"

레티시아는 오른팔을 치켜들었다. 하지만 그 손은 코자의 코앞에서 빗나갔다.

"레티시아 공주, 우리의 미래를 위해 더 나은 방법을 생각해 보도록 합시다."

코자는 모자를 머리에 얹고 몸을 휙 틀고서 정원의 덤불 속으로 모습을 감추었다. 레티시아는 입술을 깨물며 나뭇잎이 흔들리는 모습을 눈으로 쫓고 있었다.

제9장
포옹

에셀리시아와 이웃 나라의 손님을 맞이하여 황도에서는 다양한 행사가 열렸다.

행사에 동행해야 하는 레티시아는 세 번에 한 번은 몸이 안 좋다고 꾀병을 부려서 코자의 근처에 다가가지 않도록 했다.

"이리스……."

눈 오는 마을의 그리운 두 사람의 집. 문 안에서 빅터가 웃음 짓고 있었다.

레티시아는 이것이 꿈이라는 것을 알고 있었다.

"사랑해, 이리스……."

빅터가 자신을 끌어안고 속삭였다. 그렇기에 꿈이었다.

"사랑해……."

꿈, 꿈이라도 좋다. 꿈속이 아니면 만날 수 없다.

레티시아도 빅터에게 전하고 싶었다. 하지만 사랑을 고백하기 위해 입술을 떼려고 하면 입에서 꽃이 팔랑팔랑 흩어져 떨어지며 목소리가 나오지 않았다.

그 꽃은 껴안고 있던 두 사람의 주변에 순식간에 가득 찼고, 이윽고 사랑하는 사람의 모습을 지웠다.

'안 돼, 안 돼, 가지 마.'

레티시아가 손을 뻗었지만, 빅터는 그 꽃의 소용돌이 속으로 빨려 들어갔다. 그 건너편에는 코자 왕자가 웃고 있었다.

'당신 같은 사람 정말 싫어! 내가 좋아하는 사람은, 내가 사랑하는 사람은 빅터뿐이야. 빅터! 빅터! 가지 마!'

입에서 꽃을 토하며 레티시아는 부를 수 없는 그의 이름을 외칠 뿐이었다…….

"…하아."

레티시아는 벌떡 일어났다. 아직 쌀쌀한 새벽이었지만, 땀이 흥건했다.

방 안의 서늘한 한기가 몸을 차갑게 했다. 레티시아는 팔을 끌어안고 몸을 바들바들 떨었다.

빅터에게 말하지 못했던 사랑의 말이 꽃이 되어 자신을 둘러싸고 있었다.

은색 머리칼에 손가락을 넣고 레티시아는 머리를 감쌌다.

바로 곁에 사랑하는 사람이 있는데……!

같은 땅에서, 같은 성에서, 방으로 부를 수도 있는데.

하지만 그러한 행동은 빅터를 힘들게 할 뿐이었다…….

'신분은 왜 있는 걸까? 내가 평범한 사람이었다면 네 품에 바로 뛰어들 수 있을 텐데. 만약 이 사랑이 이루어질 수 있다면, 황녀라는 신분 따윈 당장에라도 버릴 거야.'

레티시아는 눈가에 맺힌 눈물을 닦고, 침대에서 내려왔다. 소리를 내지 않고 벽 쪽에 놓인 자신의 옷장에 가서 서랍에서 작은 상자를 꺼냈다.

반짇고리였다. 마키아에게 부탁하여 마련한 물건이었다. 시녀들이 사용하는, 장식이 없는 수수한 반짇고리.

그 속에는 고급스러운 검은 가죽 장갑과, 은빛의 가느다랗고 아름다운 실이 담겨 있었다.

레티시아는 그것을 가지고 침대에 돌아와 바늘에 실을 꿰었다. 장갑에는 자수가 반쯤 놓여 있었다.

레티시아는 그 자수를 잠시 손으로 어루만지다가 이윽고 이어서 수를 놓기 시작했다.

한 땀, 한 땀, 레티시아는 정성스럽게 자수로 그림을 그리고 있었다.

눈 오는 마을에서 일주일을 보냈을 뿐이지만, 마을 사람들과 굉장히 가까워졌었다. 마을 사람의 결혼하는 젊은 딸을 위해서 레티시아가 웨딩드레스에 자수를 놓아주겠다는 약속도 했었다.

이제는 이루어질 수 없게 되었지만.

자수는 그때 배운 것이었다. 소중한 사람에게 보내는 자수 부적—

"빅터……."

한 땀, 한 땀.

"사랑해."

레티시아는 말과 마음을 실로 새겨 나갔다. 바늘로 자수를 놓으며.

*   *   *

공식 행사의 중간에 병사들이 훈련하는 모습을 지켜보는 순서가 있었다. 레티시아는 그 사실을 들었을 때, 고민하지 않고 참가하기로 했다.

'훈련 연습이라고?! 그럼 빅터를 만날 수 있는 거잖아.'

오랜만에 마음이 들떴다. 공을 들여 화장을 하고 머리를 단장한 후, 새로 맞춘 드레스를 입었다.

빅터가 자신을 봐줄지는 알 수 없지만, 그를 위해서 정성을 쏟았다.

"레티시아 공주님, 예쁘세요!"

마키아가 칭찬했다.

"정말? 예뻐?"

레티시아는 전신 거울 앞에서 몇 번이고 돌며 드레스를 확인했다.

"네, 네! 그대로 시집가셔도 될 정도로 예쁘세요. 코자 왕자님께서도 기뻐하실 거예요."

"코자 왕자? 말도 안 돼. 그런 사람에게 잘 보이려고 단장하는 게 아니야."

"레티시아 공주님은 코자 왕자님이 싫으세요?"

"너무 싫어. 그 사람이 매일 바꿔가면서 쓰는 이상한 모자 알지? 그 모자를 볼 때마다 뭉개 버리고 싶어."

레티시아의 말에 마키아가 깔깔대며 웃었다.

레티시아는 마이셀과 코자와 함께, 훈련이 진행되는 대지에 나갔다.

대지에는 오천 명 이상의 병사와 말이 집결해 있었고 실전을 방불케 하는 전투 훈련을 하고 있었다.

대장들의 호령으로 병사들은 해체하거나 집합했고, 검

을 모아서 앞으로 내밀었다. 이는 마치 웅장한 연무를 보는 것 같았다.

검은 망토와 검은 갑옷을 입은 병사가 검은 말을 타고 대지를 돌았다. 레티시아는 그 모습을 보고 두근거리는 마음으로 뜨거운 시선을 보냈다. 당연히 빅터가 이쪽을 보는 일은 없었지만, 레티시아의 마음은 뿌듯함으로 가득했다.

"빅터, 멋있어……. 예전보다 듬직해진 것 같아. 그치, 오라버니."

"그렇구나. 천인대장으로서 병사들의 기대에도 노련하게 답하고 있고."

레티시아는 기뻐하며 손을 흔들었다. 빅터가 알아차리고 잠시 고개를 들었다. 그것만으로도 레티시아는 행복했다.

"……저 사람은 북쪽 출신이지요?"

함께 관람하던 코자가 중얼거렸다.

오늘도 코자는 커다란 모자를 쓰고 있었다. 그 모자에는 여성이 달 만한 화려한 리본이 팔랑팔랑 바람에 나부끼고 있었다. 레티시아는 그 리본이 시야에 살짝살짝 들어올 때마다 잡아당기고 싶은 것을 참아야 했다.

"그래요. 빅터의 아버지는 북쪽의 요르가르트에서 왔어요."

뭐든 물으라는 듯한 레티시아의 태도에 코자는 코웃음을

쳤다.

"요르가르트의 검법 가운데 호접검(胡蝶劍)이라는 것이 있다고 들었습니다. 저 친구는 그 검법을 계승했나요?"

코자의 말이 레티시아와 마이셀의 흥미를 부추겼다.

"호접검? 들어본 적이 없네요."

"일류 무예가라면 습득했을 겁니다."

"그럼 빅터도 알고 있을 거예요. 그는 초일류 무술가니까요."

마이셀은 시동에게 빅터를 불러오게 했다. 잠시 후 말을 타고 마이셀 앞에 달려온 빅터는 그 이름을 듣고 미간을 찡그렸다.

"호접검이라는 건 공중에 날린 종이를 검으로 몇 조각으로 나누는 기술입니다. 굉장히 고전적인 기술로… 요르가르트의 검법을 익힌 자라고 한들 아는 이가 거의 없습니다."

"레티시아 공주가 자네라면 가능할 거라고 했네. 나에게 꼭 보여주었으면 하는데."

빅터가 레티시아에게 시선을 돌렸다. 레티시아는 드디어 빅터의 눈길을 받게 되었지만 지금은 기쁘다기보다 초조한 기분이 더 컸다.

이것은 코자가 빅터에게 창피를 주기 위해 벌인 일이었기 때문이다.

레티시아는 그렇게 생각했다. 빅터가 고전적인 기술이라고 할 정도면 불가능할지도 모른다. 그럼에도 간단하게 할 수 있다고 말하다니.

"빅, 빅터, 미안해. 나—"

"레티시아 공주님의 바람이시라면."

빅터는 그렇게 말하고 시중을 드는 아이에게 종이를 가지고 오게 했다.

"시도해 본 적은 없지만."

레티시아는 역시나 하고 생각하며 고개를 숙였다. 빅터가 실패하게 되면 코자는 마음껏 비웃을 것이다.

"이스칸리아가 자랑하는 천인대장의 기술이라니 뜻 깊은 선물이 되겠군. 기대하고 있겠네."

코자가 비아냥대며 손뼉을 쳤다. 병사들도 흥미와 기대를 안고 빅터를 바라보았다.

만약 실패한다면 오천 명의 병사 앞에서 빅터가 창피를 당하게 될 것이다.

'난 어쩜 이렇게 어리석을까.'

레티시아는 깍지를 끼고 애원하듯 빅터를 바라보았다.

'빅터에겐 피해만 주는 것 같아.'

종이 다발을 받은 빅터는 손 위에 차곡차곡 정리한 후 한 번 더 레티시아를 바라보았다.

그의 검은 눈동자는 고요했다.

'괜찮아.'

문득 빅터의 목소리가 들리는 듯한 느낌이 들었다.

"그럼."

빅터의 팔이 높이 올랐다. 파란 하늘에 하얀 종이가 비둘기 떼처럼 흩어졌다.

종이가 춤추며 떨어지는 그 순간.

"......!"

빅터가 등에 차고 있던 검을 눈 깜짝할 사이에 뽑아서 하늘에 빛나는 궤적을 그렸다.

그리고.

빅터의 주변에 무수히 많은 종이가 마치 하얀 나비처럼 날아올랐다.

"와아—!"

마이셀이 자신도 모르게 외치며 몸을 내밀었다. 레티시아도 눈을 크게 떴다.

종이는 전부 원래의 크기가 아니었다. 모두 잘려져 있었다.

"여흥입니다."

빅터가 불쑥 말했다. 그는 코자를 향하여 검을 스윽 내밀었다. 코자가 아앗 하고 외치며 몸을 젖히다가 엉덩방아를 찧었다. 그 끝에는 작은 종이가 관통해 있었다.

"빅터!"

레티시아가 참지 못하고 외쳤다.

"멋있어! 굉장해!"

"감사합니다."

빅터가 칼을 바꿔 들고, 오른손을 가슴에 대고 몸을 숙였다. 마이셀도 박수를 쳤다. 지켜보던 병사들도 환호성을 질렀다.

빅터의 눈동자가 부드럽게 웃으며 레티시아를 바라보았다.

'괜찮아.'

언제나 그랬다. 그는 늘 그렇게 말하며 레티시아를 격려해 주었다. 늑대에게 둘러싸였을 때도, 이리스로서 여행길에 올랐을 때도.

'아, 빅터! 역시 멋있어! 나의 기사, 나의 빅터!'

엉덩방아를 찧은 코자에게는 누구도 손을 내밀지 않았다.

그날 밤, 레티시아는 수수한 코트를 걸치고 자신의 방에서 슬쩍 빠져나왔다. 목적지는 빅터가 쉬고 있을 관사였다.

똑똑 하고 두드리자 빅터가 문을 살짝 열었다.

"레티시아. 이러면 안 돼."

그렇게 말하고 빅터가 바로 문을 닫으려 했지만, 레티시아는 억지로 몸을 비집고 막아섰다.

"부탁이야, 잠시만. 금방, 금방 돌아갈게."

필사적으로 애원하자 빅터는 곤란한 표정을 지었지만, 이윽고 문을 열어주었다. 방에 들어온 레티시아는 달려들고 싶은 것을 참고 손에 든 물건을 빅터에게 내밀었다.

"뭐야?"

"받아."

그것은 매일 밤 레티시아가 바느질하던 가죽 장갑이었다.

"오늘은 미안했어. 구경거리로 만들어서."

"실패하는 게 아닐까 조마조마했었어."

"네가 실패할 리가 없잖아."

단언하는 레티시아에게 빅터는 쓴웃음을 지었다.

"오늘 정말 멋있었어. 나도 오라버니도 빅터를 정말 자랑스럽게 생각해."

"영광스러울 뿐입니다."

빅터는 일부러 격식을 차려서 말하며 몸을 숙였다.

"진짜야. 네가 있어서… 기뻐. 나도, 이스칸리아도."

레티시아는 뒷짐을 지고 발끝으로 바닥을 가볍게 쳤다. 그런 행동을 흐뭇하게 바라보던 빅터가 속삭였다.

"너도— 오늘 정말 아름다웠어."

"정말?"

"공을 들였던데."

"그야 빅터를⋯⋯."

만날 수 있으니까, 하고 레티시아는 입속으로 중얼거리며 빨개진 뺨을 감쌌다.

빅터는 레티시아에게서 받아 든 장갑을 보았다.

"이걸 나한테?"

"응, 빅터의 칼집에 있는 용을 자수로 놓아봤어. 세트야."

"⋯⋯기억하고 있었구나."

장갑 오른손의 검지에서 손등까지 용이 몸을 비틀며 춤을 추고 있었다.

"굉장해. 견본도 없었을 텐데 이렇게 똑같이 하다니."

빅터는 자신의 검을 가지고 와서 장갑과 비교했다.

검의 용과 장갑의 용은 대칭이 될 정도로 디자인이 똑같았다.

"그야 어릴 적부터 몇 번이나 봤잖아. 그 칼집의 문양 정말 좋아해."

레티시아는 빅터의 침대 위에 놓인 검의 문양을 손가락으로 쓰다듬었다.

"이 자수의 실 말이야. 내 머리카락이야."

"뭐어?"

레티시아는 빅터를 올려다보며 웃음 지었다.

"눈 오는 마을에서 배웠어. 소중한 사람을 위한 부적에는 머리카락을 수놓는다고."

"네 머리카락……?"

빅터는 장갑을 양손에 들고 반짝반짝 빛나는 용의 그림을 바라보았다.

"난 이것밖에 해줄 게 없어. 나에게 소중한 너의 곁에 머리카락이라도 있게 해줄래?"

"……레티시아."

레티시아의 눈에 눈물이 번지기 시작했다. 눈물을 황급히 스윽스윽 문지르고 레티시아는 웃음을 지어 보였다.

하지만 실패하여 웃음과 울음이 뒤섞인 얼굴이 되었다.

"이제 돌아갈게. 여기에 더 있다간 떨어지기 싫을 거야."

레티시아는 장난스럽게 말하고서 빅터를 등지고 문에 손을 갖다 댔다.

하지만 빅터가 뒤에서 강한 힘으로 레티시아의 등을 끌어당겼다.

"레티시아."

"빅터……."

빅터는 레티시아를 뒤에서 끌어안고 은빛 머리칼에 얼굴을 파묻었다.

"내가, 내가 지금의 지위에 오를 수 있었던 것도, 이 힘도 기술도, 모두 네 덕분이야."

"으응……?"

"빅터는 실패하지 않아, 빅터는 강해… 하고 넌 어릴 적부터 늘 그렇게 말하며 날 믿어줬어. 난 네 그 눈에서 힘을 얻었어. 널 위해서, 널 지키기 위해서 강해지고 싶다고 생각했어. 넌 내 힘의 원천이야."

"그럴 리가. 넌 늘 혼자서 잘해왔잖아. 훈련도 누구보다 열심히 한다고 들었어. 부하들도 너의 그런 모습을 따르는 거야."

놀라며 격양된 목소리로 말하는 레티시아의 가냘픈 어깨에 빅터의 손가락이 단단히 죄어들었다.

"레티시아."

"비, 빅터……. 아파……."

"틀렸어. 난……."

빅터는 괴로운 듯 그렇게 중얼거리고 레티시아의 몸을 획 돌렸다.

올려다보는 레티시아의 푸른 눈동자와 빅터의 검은 눈동자가 교차했다.

푸른 하늘, 어두운 밤.

태양은 밤을 거부하는 것일까, 밤은 햇살로부터 도망치는 것일까.

그렇지 않다.

서로 동경하는 것이다. 그리하여 영원히 쫓고 쫓기는 것이다.

"빅터—"

레티시아의 목소리가 빅터의 혀 속으로 녹아들었다. 꼭 끌어안은 채 입술을 맞대고 서로의 숨결을 들이마셨다. 그러자 열기와 열기가 뒤섞여 몸도 마음도 불타올랐다.

달콤하고 뜨거운 키스—

"……난 형편없는 남자야. 자신이 말한 것도 지키지 못하는……."

"난… 늘 못 지키는데 뭘……."

입술을 살짝 떼고 빅터가 속삭이자 레티시아의 눈에서 눈물이 흘러내렸다.

"늘… 네 생각을 했었어. 네가 갖고 싶다고 생각했어. 터무니없는 생각이지? 어이없지?"

"아니……."

빅터가 커다란 손으로 레티시아의 머리를 쓸어 올렸다.

"정말 예뻐……. 난 네가 하는 말이라면 뭐든 들어줄 수밖에 없어."

"빅터, 나의 빅터!"

빅터가 레티시아를 안아 올려서 침대로 옮겼다. 시트 위에 사뿐히 눕혀진 레티시아는 아직 꿈을 꾸는 듯한 느낌이었다.

빅터의 입술이 뺨에서 목으로, 그리고 드러난 가슴으로 내려왔다. 풍만한 가슴을 손으로 잡고 그 속에 빅터가 얼굴을 파묻었다.

"아아… 빅터……."

빅터의 키스로 채워진 몸은 한 번 더 흘러넘치고 있었다. 그를 기억하는 몸 이곳저곳이 그가 만져 주기를 갈망하고 있었다. 그 욕망이 아프게 느껴질 정도였다.

지금 당장 만져 주고, 채워주고, 빼앗아줘.

빅터의 손이 드레스 아래로 미끄러져 내려와 매끈한 허벅지에 닿았다. 점점 위로 올라갈수록 레티시아의 숨결도 뜨거워졌다.

"아아!"

손끝이 닿은 순간, 레티시아는 잠시 절정에 이르렀다.

"레티시아… 밝히는 공주님이로군. 이렇게 젖어 있다니."

"짓궂게 그러지 마아……."

레티시아는 얼굴이 새빨개졌지만 빅터에게 매달린 힘은 빼지 않았다.

"네가 갖고 싶었어. 몸이 이상했어. 기억하고 있지 않은데도 몸은 널 좇고 있었어……. 그러니까 어서……."

츄욱, 빅터의 손가락이 소리를 내며 살며시 들어왔다. 끈적한 소리가 두 사람의 귀를 자극하여 열기를 더했다.

츄욱, 츄욱— 축, 슈욱…….

"아, 싫어, 애태우지 마, 부탁이야……!"

레티시아는 고개를 흔들었다. 드레스를 비집고 드러난 가슴 위로 앵두 같은 젖꼭지가 빨갛게 물들어 있었다. 손가락으로 다정하게 문지르던 보드라운 싹이 단단하게 솟아 있었다.

"빅터… 아아……."

"레티시아……."

빅터의 목소리가 낮게 잠겼다. 그녀를 정복하려는 수컷의 목소리에 레티시아는 더욱 흥분했다.

"제발……."

"……."

빅터가 레티시아의 한쪽 다리를 안아 올렸다. 그리고 강하게 일직선으로 그녀의 중심을 뚫었다.

"하아아아!"

레티시아는 몸을 한 번 젖힌 후, 또 다시 빅터에게 마구 매달렸다.

"빅터, 빅터—!"

빅터는 레티시아와 밀착한 채 그 부분을 휘젓듯이 원을 그리며 살며시 뺐다가 다시 집어넣었다. 레티시아는 몸의 중심으로 빅터를 깊숙이 느꼈다.

"빅터, 아아……!"

"레티시아, 레티……!"

빅터가 레티시아의 몸속에서 날뛰자 그녀는 더욱 강렬한

쾌감을 얻었다. 하지만 빅터의 그곳은 뜨겁고 단단하게 레티시아의 몸속을 후벼댔다.

"아, 또⋯⋯."

"아직이야."

빅터가 레티시아의 목덜미에 빨간 증표를 남겼다.

"아직 부족해. 더, 더, 널 나로 채울 거야."

"아아, 흐읍, 아, 아, 커어⋯ 커⋯ 졌어⋯⋯!"

빅터가 그것의 끝으로 레티시아가 느끼기 쉬운 곳을 문질렀다. 그러자 레티시아는 연이어 흥분을 맛보았다. 그럼에도 부족했다. 아직 더 가지고 싶었다.

"하아, 빅터⋯ 사랑해⋯⋯."

"사랑해. 레티시아⋯⋯."

끊이지 않는 신음과 젖은 소리와 살이 닿는 소리. 가라앉지 않는 열기 속에서 두 사람은 계속 끌어안고 있었다.

*　　　*　　　*

다음 날 아침 식사를 마친 후 비공식적인 휴식 시간, 커다란 난로가 있는 방에서 마이셀, 에셀리시아, 레티시아, 코자 왕자가 차를 마시며 느긋한 시간을 보내고 있었다.

"레티시아, 오늘 아버님 병문안으로 북쪽 별궁에 가려고 하는데 너도 함께 가는 게 어떠니?"

에셀리시아가 여동생에게 말을 걸었다. 그러나 레티시아는 소파에 몸을 맡긴 채 넋을 놓고 있었다.

"북쪽 별궁까지는 마차로 반나절 정도 걸릴 거야. 도중에 경치가 좋은 산도 넘을 테니 도시락을 싸서 다 함께 소풍이라도 할까 싶구나."

레티시아는 어젯밤에 빅터와 사랑을 나눴던 기억을 몇 번이고 더듬고 있었다. 어제 잠들기 전에도, 잠에서 깨어났을 때도, 아침 식사를 할 때도 문득 그 감촉이 되살아나서 가슴을 설레게 했고 몸을 뜨겁게 했다.

그때마다 행복한 미소가 얼굴에 나타났고 눈동자가 촉촉해졌다.

"레티시아, 듣고 있니?"

에셀리시아가 여동생을 쿡쿡 찔렀다.

"네에? 아, 무슨 말씀 하셨어요?"

"레티시아, 너 오늘따라 이상하구나. 단정치 못한 표정을 짓고, 무슨 좋은 일이라도 있었니?"

"으음— 아니요, 그다지."

레티시아는 양손으로 뺨을 감싼 채 고개를 숙였다.

"레티시아, 에셀리시아 누님이 아버님 병문안을 함께 가자고 하는구나."

마이셀이 이상하다는 듯이 웃으며 말했다.

"아버님 병문안? 아, 좋은 생각이네요."

"그렇지? 도시락을 가지고 가서 도중에 소풍도 하자꾸나."

"와아, 멋지겠어요."

"코자 왕자도 함께 말이지."

"뭐어— 네에⋯⋯."

레티시아의 어깨가 축 늘어졌다.

"전 사양하겠어요."

"레티시아 공주, 너무하시군요. 그렇게까지 싫어하지 않으셔도 되지 않나요."

코자가 실실 웃으며 넉살 좋게 화제에 끼어들었다.

"그래, 레티시아. 손님께 실례야."

레티시아는 도움을 청하듯 마이셀을 올려다보았다.

"마이셀, 너도 레티시아에게 뭐라고 좀 하려무나. 코자 왕자에게 좀 더 친절하게 대하도록 말이야."

에셀리시아도 마이셀 쪽으로 몸을 내밀며 말했다.

"⋯⋯."

마이셀은 누나와 동생 사이에 낀 채 한숨을 쉬며 의자의 등받이에 몸을 기댔다. 분명 자라 국의 제삼왕자라면 신분과 외교적인 면에서 문제가 없다. 하지만 사랑하는 동생 레티시아는 이 왕자를 마음에 들어 하지 않는 듯했다.

"⋯⋯."

마이셀 자신도 실은 이 왕자가 어딘가 꺼림칙했다. 취향이 난해한 복장도 그랬지만, 저자세로 나오는 듯하면서도 어딘가 사람을 내려다보는 것 같았기 때문이다.

"마이셀 황자. 이 조촐한 여행으로 레티시아 공주가 저를 알아주었으면 합니다. 부탁해 줄 수 있으신가요?"

코자도 재촉했다. 마이셀은 천장을 올려다보며 생각했다.

코자의 개인적인 문제는 일단 제쳐 두고 자라 국과의 인연이 계속된다면 여전히 국경을 넘보는 고지스를 향한 견제가 된다는 것은 확실했다. 자라 국은 그리 큰 나라는 아니지만 가난한 나라도 아니었다. 인구가 많고 생산물의 종류도 풍부했다. 이스칸리아로서는 거절할 이유가 없었다.

"그렇긴 하군……. 아버님 병문안은 좋은 생각인 것 같구나. 레티시아, 에셀리시아 누님과 함께 다녀오렴."

레티시아가 놀라서 고개를 들었다. 그러한 동생을 마이셀이 자상한 눈길로 바라보았다.

"서로 알아가는 건 중요하잖니. 좀 그렇다면 일다 지마를 데리고 가렴. 그가 있으면 너도 마음이 편하잖아."

"필요 없어요!"

레티시아가 외쳤다.

"서로를 알아가는 것 따위 필요 없어요. 전—"

"괜찮은 것 같군요, 레티시아 공주."

코자는 자못 친한 듯한 태도로 레티시아의 어깨에 손을

올렸다.

"좀 더 서로를 알아가 봅시다. 그리고 우수한 천인대장에게 보호받도록 하죠."

레티시아는 어깨 위에서 코자의 손을 뿌리쳤다.

"그만해요, 손대지 말아요! 게다가 빅터는 그렇게 한가하지 않아요."

"레티시아, 큰 소리 내는 거 아니란다."

마이셸이 나무랐다.

"오라버니!"

뽀로통한 레티시아에게 마이셸은 손가락을 세워서 입술에 갖다 댔다.

"레티시아는 착한 아이잖니. 아버님께 얼굴이라도 비추렴."

황제가 요양하는 북쪽 별궁으로 향하는 마차가 출발했다.

사적인 조촐한 여행이었기 때문에 시중을 드는 인원이 적은 편이었다. 기마병이 열 명, 식사 준비나 용무를 보기 위한 보병이 일곱 명이었다. 이 일곱 명은 에셸리시아가 시집에서 데리고 온 병사들로 모두 십대의 젊은이들이었다. 그녀의 취향인 듯, 모두 야리야리한 미소년뿐이었다.

레티시아가 마차 창문으로 살며시 내다보자 조금 떨어진

곳에 빅터의 말이 보였다.

검은 말, 검은 안장, 검은 갑옷에 검은 망토. 마치 그림자와 같은 모습이었다. 등에는 길고 독특한 요르가르트의 검.

그는 지금도 그 은장도를 품에 숨기고 다니는 걸까. 에셀리시아가 있다고는 하지만, 자신과 코자가 함께 여행가는 것을 어떻게 생각할까. 게다가 호위라니.

확인하는 것이 두려워서 오늘은 아침부터 한 번도 빅터와 눈을 마주치지 않았다.

'빅터, 미안해.'

사랑하는 오직 한 사람이라고 서로 맹세했건만 그 이튿날에 바로 배신 행위와 비슷한 짓을 저지르고 있는 것은 아닐까.

레티시아는 가만히 마차의 커튼을 닫았다.

"북쪽 별궁이 있는 곳은 무척이나 아름답다고 하더군요. 기대가 되네요."

"정말 아름다운 곳이에요. 바다 옆이기도 해서 해산물이 맛있고, 재밌는 모양의 바위가 많아서 지루하지가 않지요."

마차 안에서 코자와 에셀리시아가 대화에 열을 올리고 있었다. 목적지까지 마차로 다섯 시간은 걸린다. 그동안 코자와 같은 공기를 마시고 있어야 한다고 생각하니 숨이 막혔다.

레티시아 일행이 도시를 빠져나와 시골길에 접어들었다. 이곳에서 좀 더 나아가면 산지로 들어서게 된다. 북쪽 별궁에 가기 위해서는 산을 하나 넘어야 한다.

"레티시아, 산 위에서 점심을 먹자꾸나."

언니가 아이처럼 들뜬 표정으로 말했다.

"저는 식욕이 별로 없어요."

"그럼 안 됩니다. 북쪽 별궁까지 가려면 꽤 걸린다고 하던데, 제대로 챙겨 먹어야죠."

참견하는 코자가 짜증이 났다. 식욕이 없는 이유는 너 때문이라고 말하고 싶었지만 참았다.

산 중턱의 경관이 좋은 곳에서 일행은 점심을 먹기 위해 휴식을 취했다. 일곱 명의 소년병들은 능숙하게 천막과 양산을 폈고, 식사 준비를 시작했다. 그 노련한 손놀림을 보자, 에셀리시아가 그들을 거느리고 종종 외출한다는 사실을 알 수 있었다.

호위를 하던 기마병들도 자신들의 말을 나무에 매어두고 제 나름대로 휴식을 취했다.

"저기, 언니."

나무 그늘에서 쉬고 있던 에셀리시아의 곁에 레티시아가 다가와서 속삭였다.

"언니는 어째서 코자 왕자가 마음에 드는 건가요? 전, 저는 저 사람이 언니가 생각하는 만큼 좋은 사람이 아닌 것 같아요."

"어머, 레티시아."

에셀리시아는 놀란 얼굴로 손을 두드렸다.

"코자 왕자는 내 남편, 단겔 백작의 먼 친척에 해당한단다. 신분도 확실하고 맡고 있는 영지도 제대로 다스리는 우수한 사람이야."

"그건 그럴지도 몰라도……."

"게다가 무척이나 친절하고 단정하게 생겼잖니."

"언니……."

"미청년이지. 내가 조금만 젊었더라도……."

에셀리시아가 마차 옆에 있는 코자를 황홀한 듯 바라보았다. 레티시아는 한숨을 크게 내쉬었다.

에셀리시아는 예쁜 것을 아주 좋아한다. 따라서 아름다운 모든 것이 그녀에게는 선이었다.

'하지만 나한테 가장 아름다운 건 빅터의 밤의 눈동자야.'

레티시아는 에셀리시아와 조금 거리를 둔 나무 그늘에 자리를 잡았다. 고개를 힐끔 돌리니 떨어진 장소에 검은 기사의 모습이 보였다.

빅터는 나무줄기에 느긋하게 몸을 맡기고, 날카로운 시선으로 레티시아를 지그시 바라보고 있었다.

그 눈동자에 사로잡힌 것만으로도 레티시아는 행복감에 두둥실 떠올랐다. 몸 구석구석에 빅터의 손길이 뻗어 나갔고, 그 손길에 세차게 안겼다. 뜨거운 몸과 숨결에 안긴 채 녹아버릴 것 같았다······.

지금이라도 당장 달려가서 키스하고 싶었다. 그의 가슴에 얼굴을 파묻고 싶었다······.

"레티시아 공주."

그런 상상에 잠겨 있던 레티시아를 코자의 목소리가 흔들어 깨웠다.

"······무슨 일이죠?"

"왜 그렇게 무서운 표정을 짓습니까. 즐거운 여행이지 않나요. 웃어요, 웃어."

"웃기지 마요."

레티시아는 무릎 위에 올린 손을 맞잡고 코자와 시선을 마주치지 않도록 땅을 바라보고 있었다.

발아래에 펼쳐진 풀숲을 개미가 분주하게 기어 다니고 있었다. 그 목적지를 하염없이 바라보는 것으로 코자를 무시하려고 했다.

"당신이 싫어해도 우리의 결혼식은 착착 진행되고 있습니다."

개미들의 모습 위로 그림자가 떨어졌다. 레티시아는 딱딱한 말투로 말했다.

"오라버니가 날 시집보낼 리가 없어요."

"어떨까요. 마이셀 황자는 영리한 분이시죠. 자라 국과 이스칸리아의 이익을 생각하면 무엇이 가장 좋은 방법인지 알고 있을 겁니다."

"오라버니가 날 불행하게 만들 리가 없어요."

"그렇겠죠. 소중한 누이를 부하에게, 천인대장 같은 이에게 줄 리가 없지 않겠습니까."

코자는 레티시아의 어깨에 손을 두르고 얼굴을 들여다보았다.

"아무리 서로 좋아해도 당신과 그는 신분이 다릅니다. 함께할 수 없다는 뜻이죠. 하지만 나는 관대한 남편이 될 수 있습니다. 그를 당신의 애인으로 인정해서 자라 국으로 데리고 가도 좋습니다."

레티시아가 코자를 노려보았다.

"빅터 일다 지마는 이스칸리아에 필요한, 우수한 무인이에요. 자라 국에 넘길 수 없어요."

"아쉽군. 들켰나 보군요."

코자는 쾌활하게 웃으며 건너편으로 갔다.

귀에 거슬리는 그 웃음소리에 레티시아는 귀를 막았다.

분명 지금의 소리는 빅터에게도 들릴 것이다. 그는 대체 어떤 생각을 하고 있을까. 결혼 이야기가 진행되고 있다고 생각할까.

그렇게 생각하자 분하고 슬픈 마음에 눈물이 핑 돌았다.

고개를 조심스럽게 들어 올리자, 자신을 똑바로 바라보는 빅터의 눈동자와 마주쳤다.

그 시선에 분노는 담겨 있지 않았다. 나무라는 기색도 없었다. 단지 고요하게 바라보고 있었다.

'괜찮아.'

머릿속에 또 다시 목소리가 울려 퍼졌다. 하지만 그 목소리는 작고 희미했다.

식사 준비가 진행되고 산속에 맛있는 향기가 감돌기 시작했을 즈음이었다.

에셀리시아의 앞에서 테이블을 만들고 있던 소년병이 갑자기 비명을 지르며 쓰러졌다. 그 등 뒤에는 붉은 화살이 꽂혀 있었다. 그것을 시작으로 화살이 연이어 천막을 향해 날아왔다.

"꺄악!"

에셀리시아는 얼굴 앞으로 스쳐간 화살에 쇳소리를 질렀다. 레티시아는 재빨리 땅에 엎드렸고, 코자는 의자의 그림자에 숨었다.

"적습! 발검!"

빅터가 외쳤다. 열 명의 기마병이 칼을 뽑아서 화살이 날아온 방향으로 달렸다. 그 수풀에서 짐승 가죽을 두른 사내들이 뛰어나왔다.

"산적인가?!"

사내들은 기마병과 격렬하게 싸우기 시작했다. 그 안에서 한 명이 빠져나와 천막으로 달려왔다. 덩치가 커다란 사내였다. 곰의 털가죽을 머리에서부터 뒤집어쓴 그 모습은 야수 같았다.

소년병들은 단검을 손에 들었지만, 실전 경험은 없는 듯 대항하지도 못한 채 피보라를 일으키며 차례로 쓰러졌다.

"으아아악!"

검의 공격을 받은 코자가 가까스로 피한 뒤 곁에 있던 레티시아를 밀쳤다.

"까아악!"

산적의 발치에 넘어진 레티시아는 고개를 들어서 짐승 가죽을 뒤집어쓴 사내를 올려다보았다. 곰 가죽 아래로 보이는 적동색의 수염, 눈 아래에는 커다랗게 찢어진 상처가 있었다. 그 순간 뇌리에 기억이 되살아났다.

"고지스!"

비명처럼 레티시아가 외쳤다.

"고지스 병사들이구나! 신들의 봉우리에서 우리가 있던 천막을 습격했던 놈들이야!"

그날, 전투 지역 안쪽에 쳐놓았던 천막을 고지스 병사들이 습격했다. 그들에게 쫓기던 중 레티시아와 시녀들은 산

봉우리 위로 내몰렸고, 그리고—

"죽었을 거라 생각했는데, 공주."

머리에 뒤집어쓴 털가죽을 벗고 사내가 웃었다. 털가죽을 벗어도 인상은 야수나 마찬가지였다.

"꽤 끈질기군. 하지만 그것도 오늘로 끝이다."

"어째서 여기에— 이스칸리아에……."

"우리로서는 자라와 이스칸리아가 손을 잡아선 곤란하지. 그래서 자라의 왕자가 이스칸리아의 산적에게 공격당해서 죽었다는 작전을 짰는데, 네가 우릴 기억하고 있는 이상 한 번 더 확실히 죽일 수밖에."

"어째서 여기가……."

에셀리시아가 북쪽 별궁에 가자는 말을 꺼낸 것은 오늘 아침이었다. 아무리 그래도 정보가 전해지기에는 너무 일렀다.

"그쪽 황궁에도 우리 쪽 첩자가 잠입해 있어서 말이지."

야수 같은 사내가 그렇게 말하며 웃었다.

"꽤 조심했었지. 그랬더니 오늘 둘이서 사이좋게 여행을 간다지 뭐야. 그건 결혼이 결정된 거나 다름없는 거잖나."

"사, 사이좋은 것도 뭣도 아니야!"

"그쪽을 지적하는 건가? 뭐, 아무렴 어때. 우선 이곳에서 '사이좋게' 죽어줘야겠어."

"미안하게 됐군!"

레티시아가 얼른 땅에서 흙을 쥐어 뿌렸다.

"앗, 이게!"

남자가 얼굴을 가렸다. 레티시아가 에셀리시아의 곁으로 달려가서 몸을 끌어당겼다.

"언니! 정신 차려요!"

"레티시아, 미안하구나. 내가 여행 같은 걸 가자고 해서—"

"지금은 그럴 때가 아니에요!"

코자가 달려왔다. 지켜주는 것이라고 생각했지만, 느닷없이 레티시아의 몸을 포박하더니 고지스의 병사들을 향해 외쳤다.

"살려줘! 자라 국은 이스칸리아에서 손을 떼겠소. 이스칸리아의 공주의 목숨은 당신들 것이오!"

"코자……! 이 비겁한 놈!"

레티시아는 코자의 팔에서 버둥거렸다. 에셀리시아도 기겁을 하며 코자에게 매달렸다.

"코자 왕자, 그만둬요! 뭐라고 하는 거예요? 친절한 당신이……."

"시끄러워요, 에셀리시아님."

코자는 에셀리시아를 한 손으로 뿌리쳤다.

"짜증나는군요. 언제까지 종알댈 참이신가요."

"코자 왕자……."

에셀리시아는 눈을 동그랗게 뜨고 코자 왕자를 쳐다보았다.

"그럼."

코자는 고지스 병사에게 긴장이 역력한 웃음을 지었다.

"난 놓아주는 거겠지……."

"알겠다."

고지스 병사가 손을 내밀었다.

"그 공주님을 이쪽으로 넘겨주실까."

코자는 날뛰는 레티시아를 양손으로 억압하여 고지스 병사에게 건넸다.

"됐겠지."

고지스 병사는 비열한 웃음을 띠며 레티시아를 제압했다. 그리고 오른손에 들고 있던 도끼를 머리 높이 치켜들어 후려쳤다.

"─아."

피보라는 한 박자 늦게 일었다. 이윽고 멍한 표정을 짓고 있는 코자 왕자의 어깨에서 새빨간 피가 솟구쳤다.

"어… 째서……."

코자가 어깨를 감싸며 비틀거렸다.

"까아아악! 까아아악!"

레티시아는 고지스 병사에게 붙들린 채 비명을 질렀다. 코자는 땅에 고인 자신의 피 웅덩이에 처박혔다.

"이 따위 겁쟁이는 살아 있을 가치가 없지. 안 그렇소, 공주?"

고지스 병사가 웃었다. 동의는 하고 싶었지만, 눈앞에서 사람이 살해당하는 모습을 본 이상 떨고 있을 수밖에 없었다.

"다음은 너희들의—"

레티시아를 억압하고 있던 사내의 힘이 갑자기 풀어졌다. 레티시아는 고꾸라지듯이 남자에게서 벗어나 에셀리시아의 곁으로 넘어졌다.

"이 자식."

고지스 병사는 옆구리에서 단검을 뽑아냈다. 그 검을 던진 남자가 달려왔다. 빅터였다.

산적으로 둔갑한 고지스 병사도 이스칸리아의 기마병도 모조리 쓰려져 있었다. 빅터만이 여기저기 상처를 입었음에도 여전히 전의를 잃지 않고 있었다.

"내 여자에게 손대지 마!"

빅터가 외치며 검을 휘둘렀다.

"어엇!"

고지스 병사가 도끼로 막아섰다. 긴 창끝에 도끼를 끼운 전쟁용 도끼는 길이 면에서 유리했다. 빅터의 검은 닿지 않았다.

검과 도끼가 서로 부딪칠 때마다 작은 불꽃이 일었다.

"검은 기사, 이스칸리아의 천인대장이로군."

"그렇다."

"소문대로 강하군. 하지만."

고지스 병사가 도끼를 풍차처럼 돌려서 그 기세로 빅터의 검을 날려 보냈다.

"그 검은 너무 가벼워."

고지스 병사가 레티시아가 있는 쪽을 돌아보았다. 그리고 도끼를 치켜들었다. 안 되겠어, 죽겠어!

레티시아는 에셀리시아와 서로 부둥켜안고 눈을 감았다.

하지만,

베이는 아픔은 느껴지지 않았다.

"……아."

눈을 뜨자 그곳에는 사랑하는 이의 얼굴이 있었다.

"빅터……."

빅터가 레티시아를 감싸고, 등으로 도끼날을 받은 것이었다.

"빅터!"

레티시아가 비명을 질렀다.

"쳇!"

고지스 병사가 빅터에게서 도끼를 뽑아냈다. 그 틈에 빅터의 몸이 튀어 올라 고지스 병사의 가슴팍에 달려들었다.

"크악!"

가슴 깊숙이 레티시아의 은장도가 박혀 있었다. 빅터가 생명보다 소중하다며 늘 품고 다니는 그 검이었다.

"크다고 좋은 게 아니야."

빅터는 그렇게 말하고 고지스 병사와 함께 땅에 쓰러졌다.

"빅터! 빅터!"

레티시아가 빅터에게 매달리며 외쳤다.

"안 돼! 죽으면 안 돼! 죽지 마!"

"레티… 레티시아……."

빅터가 손을 들어 레티시아의 머리를 쓰다듬었다. 피가 흘러 레티시아의 은색 머리칼을 붉게 물들였다.

"무사해서… 다행이야……."

"빅터!"

"사랑해, 영원히……."

"말하지 마! 아아, 피가… 이렇게나……."

"널 지킬 수 있어서… 다행……."

"빅터?!"

빅터의 손이 땅에 털썩 떨어졌다. 등에서 흘러넘치는 피가 땅에 퍼졌다.

"아, 안 돼……."

레티시아는 빅터의 몸에 매달렸다.

"안 돼에! 싫어! 빅터, 눈을 떠, 죽으면 안 돼! 빅터—!!"

이제야 고요해진 산속에 레티시아의 외침이 언제까지고 울려 퍼졌다.

제10장
봄의 소리

레티시아는 창가에 앉아서 정원을 가만히 바라보고 있었다.

눈은 이미 녹았고 봄을 알리는 프라쉐 꽃봉오리가 방긋이 피어나 달콤한 향기가 정원을 채우고 있었다.

머지않아 정원에는 꽃이 일제히 피어날 것이다. 그렇다면 밭에 씨를 뿌려야 한다. 레티시아가 만든 자그마한 밭에.

"휴우……."

레티시아는 창틀에 턱을 괴고 한숨을 내쉬었다. 지금의 레티시아에게는 봄도 위안이 되지 못했다. 단 하나의 바람이 이루어지지 않는 한—

"레티시아 공주님!"

거친 기세로 문을 열고 시녀 마키아가 뛰어 들어왔다.

"일다 지마님! 천인대장님이!"

레티시아가 벌떡 일어났다.

"의식을 되찾으셨어요!"

레티시아는 아무 말 없이 달리기 시작했다. 빅터가 요양하고 있는 서쪽 날개의 탑으로.

"빅터!"

방에 달려 들어가자 그곳에는 마이셀 황자가 와 있었다. 레티시아는 오빠에게 인사를 하는 것도 잊고 빅터가 누워 있는 침대에 달려갔다.

"아아, 빅터, 빅터!"

"······레티."

빅터는 해쓱한 얼굴로 미소 지었다.

고지스 병사의 도끼는 빅터의 등을 파고들었지만, 그의 검은 철갑옷이 날을 절반쯤 막아주었다. 그러나 그럼에도 상처가 깊어서 고열이 계속 이어졌고 한때는 목숨까지 위태로웠다.

빅터는 일주일 가까이 의식을 잃은 채 누워 있었다.

"다행이야… 빅터······."

레티시아는 빅터의 손을 잡아서 자신의 뺨에 가져다 대고 눈물을 흘렸다.

"빅터."

마이셀 황자가 앉아 있던 의자에서 몸을 내밀어 오랜 친구의 얼굴을 바라보았다.

"살아서 다행이야. 우수한 무인을 잃는 건 이스칸리아에 손실이나 다름없다네."

"마이셀 황자님……."

"물론 친구를 잃는 건 나에게 깊은 절망일 테고. 정말 다행이야."

"코자 왕자님을 지키지 못해서 죄송합니다……."

빅터는 힘없는 목소리로 말했다. 그러자 마이셀이 고개를 저었다.

"신경 쓰지 말게. 습격한 게 고지스 병사였으니 자라 국과 더불어 강력하게 항의를 했다네. 뭐어, 상대는 모른다는 말로 일관하고 있지만 자라 국에 나쁜 인상을 준 것은 확실해. 이스칸리아와 자라 국은 안전 보장 조약을 맺었네."

"그렇습니까……."

빅터는 지친 듯 긴 한숨을 쉬었다.

"오라버니, 그렇게 이야기를 길게 하면 빅터가 피곤해지니까 그만해."

레티시아가 오빠를 흘겨보았다. 마이셀은 쓴웃음을 짓고 의자에서 일어났다.

"알겠다, 알겠어. 그럼 한 가지만. 이번 일로 빅터 일다지마에게 상을 내리고 싶네. 무언가 바라는 게 있는가?"

빅터는 천천히 눈을 떴다. 마이셀을 보고, 그런 다음 레티시아를 보았다.

"한 가지 있습니다."

"무언가?"

"레티시아 공주님을 저에게 주십시오."

레티시아의 눈이 휘둥그레졌다. 자신의 손에 닿아 있던 빅터의 손을 꼬옥 잡았다.

"진심인가?"

마이셀의 눈빛이 엄해졌다. 그 시선을 빅터는 똑바로 받아들였다.

"진심입니다……. 황자님께는 죄송하지만… 레티시아 공주님을 자라 국에서 찾은 뒤… 저희는 사랑을 나누었습니다."

마이셀 황자는 아무 말 없이 동생을 바라보았다. 레티시아는 몇 번이고 고개를 끄덕였다.

"그때 레티시아 공주님에게는 공주였던 기억이 없었고, 이리스라는 이름을 사용하고 있었습니다. 저희는 서로에게 없어서는 안 될 존재가 되어 사랑에 빠졌습니다……."

빅터는 말을 한 번 끊고 눈을 감았다. 어딘가 아픔이 느껴진 듯했다.

"이리스가 레티시아로서 기억을 되찾았을 때 자신이 이리스였다는 사실을 잊고 있었습니다. 하지만 어느 날 기억을 되찾았고… 저희는……."

"오라버니."

레티시아는 빅터의 손을 놓고서 바닥에 무릎을 꿇고 오빠를 향해 양손을 모았다.

"나도 부탁할게. 빅터와 함께하게 해줘. 날 빅터에게 줘!"

"레티……."

"아니면, 그렇지 않으면… 나 죽을 거야. 빅터는 내 생명이나 다름없어. 내가 사랑하는 사람이야. 유일무이한 내 사랑……."

"……."

마이셀은 일어났던 의자에 다시 몸을 걸쳤다.

"그건 협박이야, 레티시아."

한 손으로 기다란 금색 머리칼을 쓸어 올렸다.

"빅터도… 황가의 공주에게 손을 대다니 처형을 받는다 한들 할 말이 없을걸세."

"……죄송합니다."

"하지만 내가 가장 사랑하는 누이와 친구를 동시에 잃을 수는 없지."

마이셀은 힘차게 일어나 망토를 휘날리며 말했다.

"빅터 일다 지마. 황가의 딸을 욕보인 죄는 죽어 마땅하다. 하지만 이번에 누님과 누이를 자신의 몸을 바쳐 지켜주었던 것을 고려하여 당분간 원지로 발령하네. 레티시아, 네벌은 빅터와 함께 가는 것이다. 혼자서 빅터를 간호하렴."

원지란 군법을 위반한 병사에게 내리는 벌로, 중앙으로부터 멀리 떨어진 지방에 주둔하는 것이다.

"오라버니, 그 말은……."

"빅터가 움직일 수 있게 되면 마음에 드는 곳에 집을 마련해 주도록 하마. 그리고 돌아와서 결혼식을 올리렴."

마이셀은 그렇게 말하고 방에서 나갔다. 레티시아는 어안이 벙벙해진 채 오빠를 배웅했지만, 이윽고 정신을 차리고 빅터에게 달려와서 손을 잡았다.

"들었지?! 오라버니가 허락해 준 거야! 우리 함께 살 수 있어!"

"정말인 거지……."

빅터는 여전히 믿을 수 없다는 표정을 짓고 있었다.

"처형을 당해도 어쩔 수 없다고 생각했어."

"빅터, 너무해! 네가 처형되면 난 어쩌라는 거야!"

"꿈일지도 몰라……."

"꿈이 아니야."

레티시아는 그렇게 말하고 빅터를 감싸 안은 후 입술에 키스했다.

"그지? 따듯하지? 달콤하지?"

"⋯⋯모르겠어."

빅터가 웃음 지었다. 레티시아도 웃었다.

"알 때까지 키스할 거야. 몇 번이라도⋯ 언제까지라도⋯⋯."

백 번의 키스를, 천 번의 키스를.

눈 오는 마을로 돌아가 둘이서 지내자. 지금은 따듯해져서 내버려 두고 왔던 밭에도 싹이 텄을 거야. 집을 다시 청소하고 난로에 불을 지피고 함께 물을 길어서 식사 준비를 하자.

소와 산양을 기르고 마을의 부인들과 수다를 떨기도 하고 서방님이 귀가하기를 기다리자.

신분도 지위도 다 잊고 둘이서 함께 행복하게 살자.

"사랑해, 빅터."

"사랑해, ⋯레티시아."

그리고 백만 번째 키스를 당신에게─

"레티시아, 여기야. 이리로 와봐."

여름 햇살에 나무에는 초록 잎이 무성했고 발치에는 여러 종류의 꽃이 무성하게 피어 있었다.

레티시아는 빅터의 말에 스커트 자락을 끌어올리고 비탈길을 달려 올라갔다. 손에 들려 있는 것은 이 인분 도시락이 담긴 바구니. 와인은 빅터가 들고 있었다. 과일도 많이 준비했다.

"봐, 들리지?"

숨을 헐떡이는 레티시아의 손을 이끌고 빅터가 수풀을 헤집었다. 그러자 눈앞에 커다란 폭포가 나타났다. 산 위에서 새하얀 물줄기가 떨어져 폭포수 아래 웅덩이에 물보라를 일으키고 있었다. 바위의 표면은 거울처럼 평평하게 깎여 있었고, 얕은 못에는 하늘이 비쳐서 새파랬다.

"와아, 멋져!"

숨을 내쉬는 레티시아를 빅터는 웃음을 머금은 눈길로 바라보았다.

"사냥 동료가 가르쳐 줬어. 미인 아내를 꼭 데리고 가보라고."

"그래? 정말 예뻐."

맑은 물에 발을 살짝 담그자, 빨개진 발끝이 얼얼하게 시렸다.

"차가워!"

"수영할래?"

"심장이 멎을지도 몰라."

"괜찮아. 안아줄 테니까."

레티시아는 뺨을 붉혔다.

빅터는 와인과 과일을 용소에 담근 후, 떠내려가지 않도록 돌로 둘러쌌다. 그런 다음, 바로 셔츠를 벗고 첨벙대며 못에 들어갔다.

아직 흉터가 또렷하게 남아 있는 등. 목숨을 걸었던 순간을 생각하자 몸이 떨렸다. 상실의 두려움과 이와 동시에 느낀 사랑의 기쁨.

"상처, 차갑게 하지 마!"

"그건 그래. 계속 물에 들어가 있으면 차가워서 현기증이 나니까."

빅터가 손을 내밀었다. 커다란 손은 듬직한 팔로, 그리고 레티시아가 사랑해 마지않는 웃는 얼굴로 이어졌다.

레티시아는 망설였지만, 짧은 순간일 뿐이었다. 곧바로 바구니를 놓고 윗도리와 스커트를 벗고 속옷 차림으로 빅터의 손을 잡았다.

눈부신 듯이 빅터가 눈을 가늘게 떴다.

"발가벗은 공주님, 환영합니다."

빅터와 레티시아가 단 일주일간 살았던 마을—

빅터가 움직일 수 있게 된 후 둘은 이곳으로 다시 돌아왔다. 자취를 감추었던 둘을 걱정하고 있던 마을 사람들은 돌아온 그들을 또 다시 흔쾌히 받아주었다. 눈이 내릴 때까지 둘이서 이 마을에서 지내는 것을 마이셀이 허락해 준 것이다.

사냥꾼 빅터와 그의 아내 이리스로서.

부상을 입은 빅터는 전처럼 마을 남자들과 사냥을 할 수가 없었다. 안전한 올가미 장치를 고안하거나 아이들과 함께 올가미를 설치하는 작업을 도왔다. 레티시아는 밭을 갈거나 빌린 산양과 닭을 돌보았다. 또는 부탁받은 편지를 대필하거나 책을 읽어주기도 했다.

"기분이 좋아."

빅터에게 뒤로 안긴 채 레티시아는 물속에서 발을 뻗었다. 빅터와 찰싹 붙어 있는 몸의 일부가 따듯했다.

"……가끔씩, 나, 아직 꿈을 꾸고 있는 것 같을 때가 있어."

"꿈?"

"황궁에서 꾼 적이 있어. 빅터에게 안겨 있는 행복한 꿈. 하지만 잠에서 깨면 침대에 홀로 있는 거야. 슬펐어……. 어째서인지 그게 꿈이란 걸 알고 있었으니까……. 언제나 꿈에서 깨지 않도록 기도하고 있었어."

"꿈이 아니야."

빅터는 레티시아의 가슴을 손바닥으로 가만히 감쌌다.

"이렇게 뜨겁게, 이렇게 두근거리고 있는걸."

"으응… 빅터……."

레티시아는 빅터의 손 위에 자신의 손을 포개었다.

"……넌 요리도 청소도 산양을 돌보는 솜씨도 늘었지만, 날 유혹하는 게 가장 능숙해진 것 같아."

"어머, 너무한 거 아니야?"

"남자의 몸도 자신의 몸도 몰랐으면서."

"나 그렇게 보였던 거야……?"

부끄러운 듯이 몸을 움츠리는 레티시아에게 빅터는 웃음 지었다.

"그랬지……."

빅터는 레티시아의 뺨을 만지고서 입술을 덮었다.

"네 눈빛이나 목소리, 그리고 손끝에 난 늘 유혹받고 있으니까."

"나도…… 그래."

빅터는 레티시아의 다리를 쓰다듬으며 천천히 벌렸다.

"네가…… 만져 줬으면 하고… 난 늘……."

짜릿한 느낌이 퍼졌다. 손이 닿은 곳에서 몸속으로 샘이 솟는 듯했다. 기분 좋게 흔들리는 잔물결에 느긋하게 몸을 누이고 싶었다. 이대로 폭풍 같은 열정에 휩쓸리는 감미로운 느낌을 알고 있었다.

"—그렇지만 지금은 안 돼."

레티시아는 빅터의 손을 단호하게 막았다.

"빅터의 상처가 걱정이야. 여긴 시원하다 못해 차가워."

"네가 따듯하게 해줘."

빅터는 무리해서 손가락을 움직이려 하지 않고 허리를 껴안았다. 그런 다음 고개를 떨어뜨리고 레티시아의 가슴을 만졌다. 젖은 옷에 입술이 닿자 따듯했다.

"빅터, ……안 돼."

혀가 능숙하게 옷을 헤집자 하얀 가슴이 드러났다. 볼록하게 솟은 분홍 꽃망울을 빅터가 머금고 빨아들였다.

"아."

빅터의 얇은 입술과 따듯한 입속이 레티시아를 풀어지게 했다.

"안 돼."

눈가에 눈물이 차올랐다. 빅터를 위해 참고 있었는데 몸은 이렇게나 그를 원하고 있었다.

어젯밤에도 사랑을 나누었고 지금도 이렇게 곁에 있고 가득 차 있는데, 늘 부족했다.

"싫어?"

가슴으로 빅터의 목소리가 밀려 들어왔다. 깊고 뜨거운 숨결. 부드럽게 쓰다듬는 허리가 간지러웠다. 장난스런 손가락을 쫓던 레티시아의 손가락이 오므라들었다.

"싫은 게 아니야. 그게 아냐, 나……."

장난기 담긴 눈웃음을 짓는 빅터와 눈이 마주쳤고, 이윽고 빅터의 혀와 손가락이 레티시아의 가슴을 더듬는 것이 보였다.

"부인은 노력파인가 보군. 이번엔 애태우는 방법을 공부할 참인가?"

"아니야, 빅터……. 안 돼… 만지지… 마."

입술과 손가락으로 다양한 자극을 받자, 뱃속에 쾌감이 퍼졌다. 안 된다고 생각하면서도 몸이 열리고 있었다.

"부탁이야. 참을 수 없게……."

욕망을 참기 위해 애원하던 손가락은 빅터의 손에 휘감겨 있었다.

"…하아."

허벅지 사이로 열기가 밀려 들어왔다. 뜨거워. 햇볕에 달군 돌을 가져다 댄 듯했다.

"참지 않아도 돼."

빅터의 시선도 뜨거웠다. 조여드는 숨결을 귓가로 느꼈다. 눈이 감길 것 같았다.

하지만 감아서는 안 된다.

"……아."

바로 곁에 있는 빅터가 몸속으로 들어오는 상상을 했다.

비집고 들어와서 채우고 후벼파서 레티시아를 산산조각 낸 다음 다시 한 번 더 몰려오는 빅터의 열기.

레티시아의 허리가 무의식적으로 움직였다. 열기가 고조되는 것을 느꼈다.

"……!"

모든 것을 놓칠 것 같아서 레티시아는 참고 있던 숨을 뱉었다.

"빅터, 부탁이야. 참아줘."

무언가 말하려 하는 빅터를 꼭 끌어안았다. 단련된 근육과 맞닿은 채 일그러진 꽃망울이 탐욕스럽게 쾌감을 얻었다. 사랑하는 마음과 애절한 마음. 빅터의 등에 두른 손끝에 상처가 닿았다.

"빅터, 좋아해."

"알고 있어."

"빅터, 난 널 지키고 싶어. 네가 날 지켜줬던 것처럼."

입술이 이어졌다. 그렇게 하지 않으면 자신의 몸이 움직여서 빅터를 받아들일 것 같았기 때문이었다.

"그러니까… 나한테 소중한 너도 자기 자신을 소중히 여겨줬으면 좋겠어……."

끈적한 달콤함이 혀에 닿았다. 레티시아는 현명하게 빅터를 사랑했다. 온몸의 쾌감을 혀로 전하고 싶었다. 참고 있는 마음을 알아줬으면 했다.

그 마음은 엷고 깊게, 좁은 곳을 향한 관능적인 키스로
이어졌다.

"레티시아."

빅터가 레티시아의 은색 머리칼을 쓸어 올렸다. 레티시
아를 가만히 응시하는 빅터의 눈이 깊숙한 곳까지 들여다
보는 것 같았다.

레티시아의 안에는 빅터를 향한 굳건한 마음이 있었다.
빅터의 시선에서도 같은 마음을 느낄 수 있었다.

"…너의."

빅터는 레티시아의 뺨을 감쌌다.

"장난스러운 이가 좋아. 귀엽게 내미는 혀도."

눈을 감자 촉촉하게 젖은 그곳을 목소리가 자극했다.

"깊은 눈동자의 색도, 작은 턱도."

말이 닿는 곳에 키스가 떨어졌다.

"키스하면 부러질 것 같은 목."

"아이, 빅터……."

레티시아는 간지러워서 키득키득 웃었다.

"그런 걸로 부러지지 않아."

"알아. 목이랑 이어지는 등이 유연하니까 부러지지 않겠
지. 나의 아름답고 고귀한, 사랑하는 공주……."

"나의 검은 기사님……."

이마를 맞대자 빅터가 크게 웃었다. 몸속 깊숙한 곳을 떨

리게 하는 듯한 이러한 웃음은 본 적이 없었다.

입술을 또 다시 빼앗겼다.

"맡겨놓은 선물은 나중에 기대해도 되겠지요, 부인?"

"아아, 빅터… 안 돼……!"

침대에서 가차없이 팔다리가 벌려진 채로 레티시아는 미동도 할 수 없었다.

빅터의 팔다리가 쐐기를 박고 있었다. 오른쪽 손목이 왼손에, 왼쪽 손목이 오른손에 저마다 이어진 채, 빅터는 위에서 만족스러운 듯 웃고 있었다.

"이 입은 오늘 대체 몇 번이나 싫다고 할 셈이지?"

"그야… 나, 나 혼자만……."

레티시아는 실오라기 하나 걸치지 않은 모습이었지만 빅터는 로브를 걸치고 있었다.

"예뻐."

느끼기 쉬운 곳을 빅터가 핥자 레티시아의 숨이 가빠졌다. 점심 때 참고 있던 끈적한 무언가가 지금 또 흘러넘쳤다.

끊임없는 쾌감에 흐르기 시작한 눈물을 빅터가 자상하게 닦아주었다.

"레티시아……."

이름을 부르는 목소리가 마법 같았다. 흐물흐물하게 녹

아가는 몸이 빅터를 향해 또 다시 녹아내렸다.

"하아… 으응……."

빅터가 구석구석까지 확인하듯 만졌다. 몸 어디를 만져져도 메아리가 돌아오듯 기분이 좋았다. 사랑받고 있고, 사랑하고 있으니까.

"하아."

빅터의 열기가 다리에 닿았다.

"빅터……."

"쉿."

나무라듯이 짧게 말하고 빅터는 레티시아의 배 아래에 위치한 그곳을 벌렸다. 그러자 싸늘한 공기가 닿았다.

"아……."

"……."

"…으읍."

빅터의 혀가 닿았다. 빅터의 혀가 차갑게 느껴지는 것은 레티시아 자신이 뜨겁게 녹아 있기 때문이었다. 빅터의 혀를 좀 더 느낄 수 있도록 음란하게 몸을 세웠다.

"하아… 아아."

때때로 빅터의 뜨거운 숨결이 닿았다. 미끈미끈한 것이 뒤로 흘러내렸다.

"아."

쾌감이 몸속과 다리 사이를 내달렸다. 쌓인 쾌감이 그 두

곳을 죄어들게 했다. 빅터의 열기가 느껴졌다.

"하아, 빅터—"

무너져 내릴 듯한 그때, 빅터가 갑자기 보드라운 허벅지를 핥았다.

"앗……?"

"참아."

"으응? 아… 하아… 앗."

"아직 더 만지고 싶어."

빅터는 그대로 레티시아의 몸을 감싸고 가슴을 만졌다. 로브가 배를 문질렀다.

"으응… 하아."

빅터의 입술이 보드라운 수유나무 열매를 머금었다. 세게 빨고 달콤하게 깨물 때마다 멈춰 있던 쾌감이 레티시아의 몸을 뒤흔들었다.

아아, 이젠 그곳을 원하는데. 빅터의 열기를 원하는데.

"부탁이야……. 제발……."

레티시아가 더듬거리듯 속삭였다.

"조르는 건가요? 부인."

"으응, ……응."

"말해봐."

"빅터… 널… 널 원해."

하얀 살결을 붉게 물들이고 레티시아가 허리를 흔들었

다.

"부, 부탁이야… 들어와 줘……."

부끄러운 나머지 레티시아의 눈에 눈물이 번지고 있었
다.

"이런 말… 하게 하다니 너무해……."

"레티시아… 너무 귀여워서 참을 수가 있어야지……."

빅터가 황홀한 눈빛으로 레티시아를 바라보았다. 그 눈
동자에는 들뜬 열기가 깃들어 있었다. 키스를 반복하던 입
술은 촉촉하고 빨갰다.

"빅터… 제발."

바람이 이루어졌다. 뜨거운 열정이 레티시아의 몸속으
로 들어왔다. 그 순간 쾌감이 온몸을 내달렸고 달콤한 비명
이 입술에서 흘러나왔다.

"아아… 빅터……."

레티시아의 몸이 빅터의 품속에서 휘어졌다. 은색 머리
칼이 시트 위로 물처럼 퍼졌다.

"몸이… 몸이 산산조각 날 것 같아……."

"이렇게 꼭 끌어안고 있는데도?"

입술에 계속되는 키스에 레티시아는 눈물로 얼룩진 눈을
떴다.

"더, 더… 안아줘… 떨어지지 마……."

레티시아는 사랑하는 남편을 올려다보았다. 빅터도 미

소 지으며 아내를 다시 바라보았다.

"떨어지지 않을 거야… 두 번 다시."

"으응…. 계속 함께… 둘이서……."

침대 속에서 입맞춤과 포옹을. 애무와 숨결을. 신뢰와 성실함을. 사랑과 진실을.

앞으로도 늘 곁에.

마치 레티시아가 좋아하는 옛날이야기 같았다. 하지만 현실은 옛날이야기보다 멋지다고, 빅터의 자상한 키스를 받으며 레티시아는 황홀한 기분으로 생각했다…….

*　　　　*　　　　*

그 후.

완쾌한 빅터 일다 지마는 이스칸리아의 세 번째 장군으로서 황도로 소환되었다.

일다 지마 장군은 남쪽 영지를 하사받았고, 레티시아는 그에게 시집갔다.

영주의 부인이 된 레티시아는 그곳에 여성을 위한 학교를 열어 귀족의 자녀 외에도 평민의 자녀도 받아들여 우수한 인재를 길러냈다.

게다가 요르가르트가 멸망한 뒤 뿔뿔이 흩어져 있던 도

공들을 불러들여 많은 대장간을 만들었다.

그로 인해 남쪽 영지는 공예지로 명성을 떨치게 되었다.

고지스와는 이따금 작은 분쟁이 일어났지만 소강상태가 유지되고 있었다.

흑발의 이민족 영주와 은발의 부인은 백성들에게 사랑받고 존경받으며 오래도록 그 지역을 통치했다고 한다.

『사랑은 망각의 저편』 끝

작가 후기

안녕하세요. 처음 뵙겠습니다. 혹시 두 번째 뵙는 건가요.

이번 이야기는 어떠셨나요? 이번엔 노예시장이라는 자극적인 서막으로 시작하는 러브 스토리입니다.

전작인 『베리 베리 라즈베리와 거짓말쟁이 백작』의 주인공은 자상한 영국 귀족 오빠의 느낌이었기 때문에 여러 가지 이야기를 시시콜콜하게 들려주지만, 이번 주인공은 말수가 적고 무뚝뚝한 무인이기에 자신에 대한 이야기를 그다지 해주지 않습니다. 그런 이유로 꽤 연애하기 힘든 상대라는 느낌도 들었지만, 그만큼 주인공이 밀어붙이는 형태로 연애를 이끌어주었습니다.

이렇게 서툴지만 성실한 군인 타입이 제 취향이기는 하지만, 러브 스토리의 주역으로는 적합하지 않네요.

이야기 진행도 더뎌서 마감을 한 번 연장해야 했을 만큼 이번에는 꽤 버겁기도 했답니다. 하지만 흔해 빠진 이야기는 아니지 않았나요? 제 친구는 책이 술술 넘어갔다고 하더군요(웃음).

이 작품을 쓰는 동안 다이어트를 했습니다.

봄에서 여름에 걸쳐 7kg을 뺐습니다. 방법은 식사 조절과 근육 트레이닝이었습니다.

우선 식사 조절로 체중을 확 줄인 후, 근육 트레이닝으로 근육을 기르고 지방을 연소시키기 쉬운 체질로 만들자는 계획을 세웠습니다. 그리고 몇 십 년에 걸쳐서 붙은 살을 이 계획으로 해치웠답니다.

사실 7kg을 더 빼면 이상적인 체중이 되지만, 그건 앞으로 꾸준히 근육 트레이닝을 하며 천천히 뺄 생각입니다.

그 덕분에 10년 전에 샀던 청바지를 다시 입을 수 있게 되었습니다(원래대로 돌아갔다는 이야기겠지요).

기회가 된다면 7kg 감량에 성공했는지 보고하겠습니다!

작품 후기를 쓰는 지금은 여름입니다. 장마철이 끝나고 한여름이 시작될 무렵이랍니다. 앞으로 점점 무더워지겠지만, 여름에는 여름만의 즐거움이 있지요.

저는 유카타를 입는 걸 즐깁니다.

초여름에는 은어가 그려진 홑옷을 입고, 무더워지면 삼베옷을 입고, 한여름일 때는 새로 산 줄무늬 유카타를 여름

기모노 스타일로 입거나 제비가 그려진 유카타를 사뿐하게 입습니다. 또는 실크로 만든 기모노에 우산으로 멋을 내기도 합니다.

짧은 여름 동안 부지런히 유카타나 여름 기모노를 입고 외출하는 것이 즐겁습니다.

제가 살고 있는 이케부쿠로에는 유카타나 기모노를 입은 사람이 꽤 많습니다. 유카타를 입은 행인을 보는 것 또한 즐거운 일이지요. 때때론 달려가서 고쳐 입혀주고 싶은 사람도 있지만 말이죠(웃음).

독자 여러분은 올 여름을 어떻게 보내고 계신가요?

독자 여러분이 이 책을 읽으며 잠시 더위를 잊고 설렘을 느꼈으면 좋겠습니다.

블로그와 트위터를 하고 있습니다.

http://ayakasimemo.blog115.fc2.com

http://twitter.com/ruta_manitoux

시라유키 마소호(白雪眞朱)

역자 후기
여행지의 추억이 담긴 『사랑은 망각의 저편』

『사랑은 망각의 저편』은 도쿄의 재즈거리 아사가야에서 두 달가량 머물던 중에 의뢰를 받아 번역하게 된 작품입니다. 시간과 공간의 제약을 받지 않는 번역가라는 직업의 특성상 여행 중에 이렇게 작업을 하게 될 때가 있습니다. 이때가 바로 프리랜서라는 말에 담긴 '프리'를 제대로 실감하는 순간이랄까요. 막상 작업을 시작하면 여느 직업보다 '프리'하지 않다는 사실을 뼈저리게 느끼지만 말이지요.^^

아가사야는 구석구석에 작은 재즈 바와 카페가 자리한 아기자기한 동네입니다. 한적하면서도 예술적인 분위기 덕분에 원활하게 작업을 진행할 수 있었답니다. 낮에는 동네 탐방을 하고 밤에는 작업을 하며 하루하루를 보내다 보니 두 달이 금세 지나더군요. 귀국하기 며칠 전부터 이곳에 더 머물 명목을 찾느라 고심했지만, 역시 여행은 아쉬운 감이 들 때 과감하게 끝내는 편이 낫다는 생각에 눈물을 머금고 돌아왔습니다.

아가사야는 저자 시라유키 마소호 씨가 사는 이케부쿠로와 꽤 가깝습니다. 저자와 가까운 곳에서 작업을 한다고 생각하니 묘한 기분이 들기도 했답니다. 저자의 기운을 받는 듯한 느낌이 들어서였을까요?

저자가 작품 후기를 썼던 계절은 여름이지만 역자 후기를 쓰는 지금은 겨울입니다. 저는 여름 특유의 분위기를 광적으로 즐기는 편입니다. 그래서 늘 다음 여름을 기대하고 상상하며 겨울을 보낸답니다. 여름을 위해 겨울을 보낸다고 해야 할까요. 독자 여러분은 지금 어떤 계절을 보내고 있나요? 여름이라면 무더위를, 겨울이라면 추위를 이겨내는 데 이 작품이 힘이 되기를 바랍니다.

김하나